Reliure

1 8 DEC 1990

Vianney Bélanger

HMH
JEUNESSE

Déjà parus dans la collection:

Madeleine Gaudreault-Labrecque
Les Aventures de Michel Labre:
- *Vol à bord du Concordia*
- *Alerte ce soir à vingt-deux heures*
- *Gueule-de-loup*
- *Le secret de la pierre magique*
- *Sur la piste du dragon I*
- *Sur la piste du dragon II*
- *Panique dans les Rocheuses*

et
- *Le mystère du grenier*

Denis Côté
- *Les parallèles célestes*

Paul de Grosbois
- *Les initiés de la Pointe-aux-Cageux*
- *Le cratère du Lac Lyster*
- *La barrique d'or*

Louise-Michelle Sauriol
- *Monde 008 sur la Pointe-Claire*

Yves Thériault
- *L'or de la felouque*

Alain Marillac
Les Aventures de Daniel Rixes:
- *La pyramide de l'immatériel*
- *Ovni à Matane*
- *La nuit des Hougans*
- *Les portes d'émeraude* (à paraître)

LA BARRIQUE D'OR

DU MÊME AUTEUR:

Chez le même éditeur:

— *Les initiés de la Pointe-aux-Cageux*, 1986.
— *Le cratère du lac Lyster*, 1988

Chez d'autres éditeurs:

— *Métro Caverne*, Montréal, Éditions Paulines, 1986.
— *Le mystère de la rue Duluth*, Montréal, Éditions Paulines, 1987.
— *Ce cher oncle Philippe*, nouvelle parue dans *L'affaire Léandre et autres nouvelles policières*, Montréal, Éditions Pierre Tisseyre, 1987.
— *Vol de rêves*, Montréal, Éditions Québec/Amérique, 1988.

Paul de Grosbois

LA BARRIQUE D'OR

Jeunesse

*Le Conseil des Arts du Canada
a accordé une subvention pour
la publication de cet ouvrage.*

Illustrations (couverture et intérieur):
Richard Jalbert

Maquette de la couverture:
Olivier Lasser

Composition et mise en pages:
L'Apostille enr., Montréal

Éditions Hurtubise HMH Ltée
7360, boulevard Newman
Ville LaSalle, Québec
H8N 1X2
Canada
Téléphone: (514) 364-0323

ISBN 2-89045-872-5

Dépôt légal / 2ème trimestre 1990
Bibliothèque Nationale du Québec
Bibliothèque Nationale du Canada

Imprimé au Canada   J637645

À Guy, mon frère

Remerciements

Je tiens à remercier vivement le Ministère des affaires culturelles du Québec dont le soutien financier a permis la rédaction de cet ouvrage. Puissent de nombreux auteurs pour la jeunesse bénéficier de cette aide souvent capitale!

Je ne voudrais passer sous silence l'appui de madame Suzanne Gagné, co-auteure de *L'histoire de l'alcool au Québec*. Ses références bibliographiques, en tout début de parcours, ont été des plus inspirantes.

Aussi, je remercie chaleureusement monsieur Jacques Boisvert, président de la Société d'histoire du lac Memphrémagog, dont la documentation, l'enthousiasme et «les mots pour le dire» ont été une stimulation constante. Ses avis judicieux, jusqu'à dernière ligne rédigée, furent précieux, voire indispensables.

Enfin, un merci tout spécial à madame Francine Quesnel qui connaît beaucoup — et qui aime tout autant — les jeunes à qui mes livres sont destinés. Première lectrice avide et avisée, aux commentaires pertinents et nombreux, elle demeure une collaboratrice et une compagne irremplaçable.

Paul de Grosbois

Sommaire

PREMIÈRE PARTIE:

Confidences
d'outre-tombe

Chapitre premier
Le secret des eaux troubles

À la fin de l'été, bien souvent, les aventures prennent fin, la tranquillité s'installe et l'extraordinaire ne se produit plus. Catherine et moi, nous l'avons toujours cru. Et cet été-là, il semblait qu'il en serait encore ainsi. Jusqu'au soir du 28 août.

Ce soir-là, nous étions assis au bout du quai et, comme presque à chaque jour, nous regardions le soleil se coucher sur le lac. Le temps était frais, très frais même. Un vrai soir de fin d'août.

Le lac Memphrémagog avait l'apparence d'une patinoire tellement c'était calme. Seuls, près de la rive opposée, quelques véliplanchistes tenaces agitaient leurs voiles, les échappaient, les relevaient.

Catherine jouait dans ses cheveux et semblait perdue dans ses pensées. La journée avait été longue et la fatigue avait transformé son visage.

— Fatiguée? lui demandai-je.

— Je suis crevée, Olivier. C'est tellement difficile avec les petits...

Au début des vacances, Catherine et moi avions improvisé une petite école de planche à voile au bord du lac. Quelques affiches vite faites, distribuées dans les commerces les plus fréquentés, nous avaient amené une clientèle spontanée, importante et fidèle. De plus, une publicité de bouche à oreille nous avait fait connaître rapidement, et, bien vite, nous ne pûmes répondre à la demande.

— Regarde, c'est Jacques Boisvert, fis-je en pointant vers le milieu du lac.

À bord de son bateau-moteur, l'homme se dirigeait lentement vers la marina. Chaque jour, par beau temps ou sous la pluie, il effectuait au moins une plongée dans le lac. Catherine releva légèrement la tête et vit à peine la forme noire s'éloigner.

— Je me demande à combien de plongées il en est rendu... murmura-t-elle.

— À au moins trois mille, répondis-je. Je lui ai demandé, l'autre jour, si...

— Trois mille? coupa Catherine sortant soudainement de sa torpeur. C'est incroyable... Qu'est-ce qu'il cherche? Un trésor?

— Lui seul le sait, répondis-je. Quand on lui en parle, il évite le sujet. Il nous raconte une anecdote, il décrit ses dernières trouvailles, mais il refuse complètement de dire ce qu'il cherche.

— Peut-être ne cherche-t-il rien? justement.

— Oui, c'est possible. C'est quand même curieux, une telle passion.

— C'est souvent curieux, une passion... répliqua Catherine en me fixant droit dans les yeux.

Étrangement, son épuisement s'évanouissait. Elle souriait en remontant ses cheveux. Je me sentis rougir. Elle vit l'effet qu'elle provoquait et afficha un sourire dangereusement espiègle. Elle triomphait.

— Même le lac en est remué, poursuivit-elle, amusée.

Je tournai les yeux vers le lac et vis, comme elle, l'eau tressaillir sous l'action de quelques bulles d'air qui remontaient à la surface.

— Tu as toujours un effet terrible, lançai-je à la blague.

Mais Catherine ne m'entendit pas.

— Ça continue, dit-elle en se levant.

Contrairement à l'habitude, les bulles ne cessaient de monter et l'eau se troublait de plus en plus. Intrigué, je me levai à mon tour. Nos yeux fixés sur l'objectif, à dix mètres du bord, nous attendions impatiemment que le phénomène prenne fin.

— Penses-tu à ce que je pense? me demanda Catherine gravement.

Bien sûr que j'y pensais. Je me tournai vers nos planches à voile et les comptai. Je fus vite soulagé: les huit objets longilignes reposaient sur le sable de notre petite plage. Plus loin, le canot, renversé sur le gazon, semblait y dormir paisiblement. De l'autre côté du quai, bien attachée, la chaloupe dandolinait sous l'effet des petites vagues que l'irruption sous-marine provoquait.

— Es-tu sûre que tous tes élèves sont rentrés?… lui demandai-je à voix basse.

— Pourquoi ce serait un des miens? me lança-t-elle, courroucée. Si ce n'était pas de ça, je te pousserais à l'eau, Olivier Tanguay, ajouta-t-elle sans détourner son regard.

J'oubliai vite ma maladresse, le spectacle inattendu prenant une nouvelle tournure. Les quelques bulles qui remontaient laissèrent bientôt place à un remous plus important. On aurait dit que sous l'eau, en profondeur, se livrait un combat acharné dont les secousses se répercutaient à la surface.

— Ça ne peut pas être Boisvert, murmura Catherine, il vient tout juste de passer…

Je reculai de trois pas et détachai la chaloupe sans cesser de regarder. J'y montai et enfilai les rames dans les gonds. Comprenant mes intentions et partageant mes craintes, Catherine s'accroupit et saisit une longue perche que nous gardions toujours à portée de la main, sous le quai. Jusqu'alors, nous n'avions jamais eu à l'utiliser.

Catherine prit place à l'avant et poussa sur le quai pour nous en éloigner. Assis à contresens pour mieux voir, je ramai doucement en direction du bouillon effervescent. Notre embarcation commença à glisser lentement.

Le silence me sembla très lourd, inhabituel. Seul le clapotis provenant de la pointe de la chaloupe et le ruissellement des gouttelettes sur les rames troublaient la paix devenue tout à coup inquiétante.

Quand nous fûmes à trois mètres de l'endroit, l'activité sous-marine s'intensifia. Les remous se multiplièrent et les vagues qu'ils provoquaient se firent de plus en plus fortes. Je stoppai aussitôt l'embarcation.

Catherine et moi, les yeux rivés sur le point, restions muets: l'imminence d'une apparition de nature imprévisible bloquait les mots au fond de notre gorge et nous coupait le souffle. Mes mains moites se crispèrent sur les rames. Catherine se cambra et, un court instant, j'ai cru qu'elle allait se lever. Elle semblait prête à plonger.

Enfin, après de longues secondes, alors que nous nous attendions à la remontée d'un plongeur, d'un noyé ou même d'un monstre marin, nous eûmes la surprise de voir surgir une énorme caisse de bois couverte d'algues. Le gros objet limoneux, en apparence très vieux, dansait sur l'eau où l'agitation avait presque complètement cessé. Étonnée comme moi, Catherine croisa mon regard.

— Je n'en reviens pas, me dit-elle, les yeux encore écarquillés.

Nous nous approchâmes de l'objet dont la moitié inférieure restait immergée. Catherine s'étendit à plat-ventre sur l'avant de la chaloupe et saisit la corde de nylon tressée enroulée à la proue.

— Je vais essayer de l'attacher. Place-toi de côté, m'ordonna-t-elle.

Cinq minutes plus tard, nous arrivions au quai. Flottant dans notre sillage, la lourde caisse qui nous avait tant tracassé nous suivait maintenant docilement.

Dès lors, nous n'eûmes plus qu'une seule idée en tête: l'ouvrir et découvrir son contenu.

Hisser la caisse sur le quai nous demanda beaucoup d'efforts: l'objet massif mesurait environ un mètre carré et avait une hauteur d'au moins soixante centimètres. On aurait pu facilement y faire entrer un gros téléviseur. Mais, vraisemblablement, au moment où cette caisse fut mise à l'eau, l'inventeur de la télévision dormait encore dans son berceau!...

— Je me demande comment elle a pu remonter à la surface, gémit Catherine. C'est complètement imbibé...

— C'est peut-être en l'ouvrant qu'on le saura, dis-je en contractant mes muscles et en serrant les dents.

Peu à peu, la brunante laissait place à l'obscurité. Dans quelques minutes, on ne verrait plus rien.

— Il faudrait l'apporter dans le chalet, fis-je résigné.

Catherine me regarda comme si je lui avais proposé de transporter le mont Orford. Avant même qu'elle n'ouvre la bouche pour protester, je me précipitai sur la plage. Je revins aussitôt avec une planche à voile dont j'avais préalablement retiré le mât. Je saisis quatre billots de bois qui avaient survécu au feu de camp de la veille, les plaçai sur le quai à côté de la caisse et couchai la planche dessus.

Nous soulevâmes notre trouvaille et la glissâmes gauchement sur la planche. Tirant sur la corde encore attachée à la caisse, et réintroduisant à l'avant de la planche chaque billot qui se libérait au fur et à mesure de notre progression, nous arrivâmes finalement au chalet sans avoir laissé notre peau dans l'opération. Gravir les cinq marches menant au balcon fut cependant un exercice plus laborieux...

Dès notre entrée, nous avons déposé la caisse sur une carpette. À deux, nous avons tiré le petit tapis jusqu'au milieu du salon, la pièce la mieux éclairée. Mue par la curiosité, Catherine partit en trombe vers la cuisine. Elle en revint aussi vite avec un tournevis, un marteau et un arrache-clou.

La caisse résista longtemps. Elle était impénétrable. Le cèdre gonflé par l'eau n'offrait pas de fissures solides dans lesquelles insérer profondément nos outils. Excédé, j'assénai un coup violent d'arrache-clou sur le dessus de la caisse. Il pénétra de huit centimètres dans le bois et nous entendîmes un son étouffé, comme si du verre s'était brisé. Au même instant, de petits jets d'air très forts s'échappèrent par les fentes minuscules qui encerclaient mon outil. Je tirai sur l'arrache-clou, le retirant d'un coup sec. Enfin libéré, l'air jaillit brutalement, comme si j'avais mis en marche un appareil à air comprimé.

Après cinq secondes, tout s'arrêta. Mais déjà, Catherine et moi étions rendus dans la cuisine...

Tout danger semblant écarté, nous nous approchâmes à pas feutrés de la mystérieuse caisse. Une odeur exécrable avait envahi la pièce et nous dûmes porter la main à notre nez pour pouvoir supporter l'air ambiant. Je me rendis à la fenêtre et l'ouvris.

— On essaie encore? proposa Catherine.

— Allons-y délicatement, suggérai-je en séparant bien chaque syllabe.

Curieusement, nous avions parlé à voix basse, comme si nous avions eu peur d'éveiller une bête féroce.

Après vingt minutes d'effritement continu et patient, nous réussîmes enfin à soulever une planche sans provoquer d'explosion.

Deux surprises nous attendaient.

— Oh! s'étonna Catherine.

La caisse était pleine de bouteilles alignées les unes à côté des autres, chacune soigneusement enroulée dans du jute. Des bouteilles de champagne que nous eûmes tôt fait de reconnaître d'après les bouchons retenus par de petites broches savamment tortillées autour du goulot.

J'en saisis une et la sortis de la caisse. Je retirai le jute et mis à jour la deuxième surprise: la bouteille était vide!

Catherine en prit une autre. Je fis de même. Elles étaient vides, elles aussi. Deux minutes plus tard, une trentaine de bouteilles vides — en apparence toutes neuves! — entouraient la caisse.

— Un beau trésor... marmonna Catherine avec dépit.

— Ouais, fis-je en tâtant dans le fond du grand coffre.

Il n'y restait que le verre brisé de la bouteille que j'avais fracassée avec l'arrache-clou. Je ramassai quelques tessons et les portai à mon nez.

— Ça sent la poussière, dis-je en tendant les débris à Catherine.

Elle sentit les morceaux à son tour et les laissa tomber dans la caisse. Déçue, elle se dirigea vers un vieux canapé et s'y enfonça. Je me lançai alors dans une explication savante sur ce qui avait pu se passer. J'échafaudai une théorie pseudo-scientifique truffée d'hypothèses saugrenues. Cherchant l'assentiment de Catherine à la suite d'une envolée brillante sur le principe de compression des gaz, je me tournai vers elle. Elle ne semblait pas impressionnée. En fait, elle ne m'écoutait même pas.

— Dis-le-moi si je te dérange, dis-je contrarié.

— Viens t'asseoir, me dit-elle doucement, les yeux rivés sur la caisse. Viens voir: je pense que j'ai trouvé le trésor.

Peu convaincu, je me dirigeai vers elle lentement, fermai la fenêtre en passant et m'assis à ses côtés.

— Regarde, me dit-elle, regarde bien.

Elle fixait toujours la caisse que les bouteilles vertes encerclaient. Je fis de même, cherchant une inscription ou un signe quelconque qui me mettrait sur la piste.

— C'est l'arbre qui cache la forêt, me dit Catherine comme pour me donner un indice.

Et alors, je compris.

En observant attentivement la caisse et les bouteilles, je n'avais rien remarqué d'anormal, rien d'inusité. Mais en considérant une bouteille et ensuite la caisse, l'évidence m'avait crevé les yeux: chaque bouteille mesurait environ quarante centimètres alors que la hauteur de la caisse en faisait au moins soixante. Conclusion: il y avait un double fond!

— Tu piges? me demanda Catherine en voyant mon sourire.

— Oui. Allons voir ce qui se cache là-dessous, répondis-je en bondissant sur l'arrache-clou.

Motivés et excités, nous mîmes peu de temps à faire éclater les parois de la caisse dont la surface intérieure était, étonnamment, bien sèche. Cette grosse boîte avait donc été fermée hermétiquement, comme je l'avais cru.

Une fois les débris de verre complètement retirés nous entreprîmes de soulever les planches clouées. Elles offrirent peu de résistance et bien vite nous fîmes une autre découverte, beaucoup plus surprenante que les précédentes: au centre du double fond, un mince coffret enrobé de paraffine reposait entre des coins de bois minutieusement fixés pour l'immobiliser.

Catherine, avec mille précautions, souleva le coffret et le déposa sur le tapis. Elle prit le tournevis et brisa délicatement la couche de cire. Ensuite, elle soupesa encore une fois l'objet plat qui devait mesurer trente centimètres sur vingt.

— Je parierais sur un collier de diamants, dit Catherine.

— Et moi, sur les joyaux de la Couronne! répliquai-je avec assurance.

Nous n'avions plus qu'à soulever le couvercle, ce que nous fîmes avec empressement. Le coffret contenait un paquet soigneusement enveloppé dans un papier brun habilement ficelé. Il y avait aussi une enveloppe. Je l'ouvris et j'en sortis une longue lettre datée de 1931.

La lecture de cette lettre allait nous entraîner, Catherine et moi, dans une aventure fascinante que nous vous convions à partager maintenant.

Chapitre 2
La lettre

Magog,
16 août 1931

Monsieur Alfred La Couvée,
Commandant du croiseur Margaret
et agent des douanes canadiennes

Cher La Couvée,

Avouez que vous êtes surpris! Avouez que vous ne vous attendiez pas à retrouver cette caisse pleine de bouteilles vides. Je l'ai fait préparer pour vous, exprès pour vous. Selon moi, l'air sortant des bouchons aura pris quelques heures à tout faire remonter à la surface.

Fidèle à votre habitude, et haïssant la bouteille comme vous la haïssez, vous aurez brisé la caisse à coups de hache. J'espère que vous n'aurez pas, du même coup,

détruit cette lettre et le cadeau que j'y
ai joint.

Ah! Ah! Je vous ai bien eu, encore une
fois, La Couvée. Comme j'aimerais être là
pour vous voir la binette! Mais malheureusement je n'y suis pas. Je suis parti.
J'ai quitté le pays; j'ai traversé la frontière pour la dernière fois. Je me retire,
La Couvée; j'abandonne le métier. Finie la
contrebande! Vous comprenez, il ne me
reste que quelques années à vivre et je
veux me reposer un peu avant le grand
voyage...

Ma fortune personnelle est considérable et
j'ai assez travaillé. Je suis fatigué de
fuir vos douaniers et je ne m'amuse plus à
ce petit jeu de chat et de souris. Alors,
hier, j'ai fait mes bagages et je suis
allé rejoindre Christina, une vieille amie
qui demeure dans le sud et qui m'a souvent
demandé d'aller vivre avec elle. Maintenant c'est fait.

Mais je ne suis pas un ingrat, La Couvée.
Je vous trouve bien sympathique même si
vous êtes un douanier redoutable. Et comme
vous avancez en âge vous aussi, l'idée
m'est venue de vous offrir quelque chose,
un petit cadeau. Et la pensée de vous
corrompre ne m'est pas désagréable...

Mon cadeau, c'est un trésor. Un vrai trésor, cher ami. Dans le petit paquet que vous avez peut-être en main, vous trouverez tous les indices dont vous avez besoin pour le découvrir. Si vous cherchez un peu, et si vous êtes aussi futé que je le crois, vous y arriverez. Ce trésor est une véritable splendeur. Grâce à lui, vous devriez vous assurer une retraite confortable. Très confortable. Un dernier détail, La Couvée: dans le paquet, j'ai placé un triangle en bois. Gardez-le précieusement. C'est une clé dont vous aurez besoin un jour ou l'autre.

Je termine ici en vous souhaitant bonne chance et en vous engageant à la plus grande prudence. Vous rencontrerez des gens dangereux qui ne laisseront pas filer cette fortune sans essayer de la garder. D'ailleurs, ce sont des personnes que vous connaissez déjà très bien... Vous comprendrez alors mes craintes et les raisons qui font qu'aujourd'hui je parais si généreux.

Adieu!

Uriah Skinner

Uriah Skinner

Après la lecture de cette lettre étrange, Catherine s'empara du paquet enveloppé de papier brun. Elle le tâta, le soupesant et le tournant en tout sens.

— Tu le connais, toi, cet Uriah Skinner? me demanda-t-elle.

— Non. Je n'en ai jamais entendu parler.

— Connais-tu des Skinner qui habiteraient dans la région?

— Non plus, répondis-je en fixant ses mains.

— On l'ouvre? dit-elle enfin.

— Oui, acquiesçai-je.

La ficelle ne résista pas à son geste sec. Elle retira le papier. En même temps, elle pouffa de rire.

— Uriah Skinner, répéta-t-elle en ricanant. A-t-on idée d'appeler son enfant Uriah? Viens, Uriah, maman va changer ta couche...

Finalement, elle mit à jour le «cadeau» de Skinner: c'était un cahier. Un cahier sur lequel un titre en grosses lettres annonçait une soirée plus qu'intéressante: «LE TRÉSOR DE MEM-PHRÉMAGOG».

— Regarde, dis-je en le feuilletant, il y a plusieurs parties, comme des chapitres.

M'écoutant d'une oreille distraite, Catherine manipulait un petit objet: le triangle dont Skinner avait parlé dans sa lettre. La pièce de bois ne portait aucune inscription, aucune encoche, rien qui eût pu rendre attrayant ou significatif ce vulgaire fragment.

— Pas très beau, fis-je, déçu.

— Non, mais peut-être utile, nuança Catherine.

Elle prit la ficelle, l'introduisit dans un petit trou qu'elle avait décelé au centre du triangle, l'attacha solidement et accrocha le tout à son cou pour en faire un pendentif. Son geste décidé était sans équivoque: elle prenait très au sérieux notre découverte.

— Tu te rends compte? dit-elle. Si la caisse n'est remontée qu'aujourd'hui, ça veut dire que ce La Couvée n'a jamais lu cette lettre, qu'il n'a jamais su qu'un trésor existait, et donc qu'il ne l'a jamais trouvé...

— Quelqu'un d'autre l'aura fait.

— Pas si sûr! Si ce triangle est une «clé», c'est nous qui l'avons, mon cher...

— ... et c'est nous qui allons trouver «la porte»? complétai-je en raillant.

— Évidemment, confirma-t-elle solennellement. Imagine un peu: nous avons mis la main sur un texte vieux de soixante ans qui parle d'un trésor caché par des contrebandiers. C'est excitant, non? J'ai plein d'images dans la tête: un coffre plein de bijoux, de pièces d'or; une fortune à découvrir...

— On commence à lire? suggérai-je avec un peu plus d'enthousiasme.

Une minute plus tard, avec une bonne provision de croustilles et de boisson gazeuse, nous nous sommes blottis l'un contre l'autre dans une causeuse moelleuse. Catherine passa son bras autour de mon cou et j'entrepris la lecture à haute voix du cahier d'Uriah Skinner.

LE TRÉSOR DE MEMPHRÉMAGOG

Uriah Skinner

Cet épisode de ma vie s'est déroulé en juin 1928. Pour ma propre protection et pour celle de mes proches, j'ai tenu à raconter ici toutes les péripéties que j'ai vécues. Ainsi, s'il m'arrivait quelque malheur, ou si je disparaissais «subitement», on trouverait dans ce texte des explications et des noms qui pourraient en intéresser plus d'un.

U. S.

Un bootlegger nommé Conrad Labelle

Le matin du 4 juin 1928, très tôt, je somnolais dans ma cabane située au bord du lac Memphrémagog. La journée de la veille avait été éreintante: la contrebande est un travail parfois difficile...

J'allais me rendormir lorsque j'entendis le bruit d'un moteur sur le lac. L'embarcation approchait. Comme j'étais toujours aux aguets, je me levai en vitesse et me rendis à la fenêtre.

Il y avait du brouillard et je ne voyais pas qui conduisait le bateau. Je tendis le bras et je saisis ma carabine que je laissais toujours sur la commode.

— Skinner! cria une voix.

Bien armé, je m'approchai de la porte que j'entrouvris avec le canon de mon fusil.

— Skinner, répéta l'homme qui m'avait sûrement aperçu, monsieur Labelle veut vous rencontrer!

Monsieur Labelle... Il ne pouvait s'agir que d'une seule personne: Conrad Labelle, un jeune trafiquant talentueux d'après ce que j'en avais entendu dire. Il opérait près de Montréal.

— Qui? demandai-je pour m'accorder quelques secondes de réflexion.

— Monsieur Labelle, répéta l'homme. Conrad Labelle.

J'ouvris la porte complètement sans lâcher mon arme.

— Où? demandai-je encore, cherchant toujours à voir mon interlocuteur.

— À l'auberge des Smugglers, ce soir, au coucher du soleil.

Sans même que j'aie eu le temps d'accepter ou de refuser, l'homme remit son moteur en marche et disparut.

Ce jour-là, je passai la journée à me demander ce qu'un aussi jeune homme pouvait attendre d'un vieux contrebandier comme moi. Je l'appris le soir venu.

À la tombée du jour, je me rendis à l'auberge de Knowlton Landing, juste à l'entrée de Sargent Bay. Je préférai m'y rendre à pied. Sur le lac, avec tous les contrebandiers qui circulaient la nuit, tout pouvait m'arriver.

Rendu à l'auberge, j'entrai dans la grande salle. Il n'y avait personne, ou presque. Aucun «étranger». Je m'assis à une table et commandai un rhum. Un homme sortit du petit salon du fond et vint directement vers moi.

— Monsieur Skinner? demanda l'homme costaud.

Je reconnus la voix de celui qui m'avait parlé le matin.

— C'est moi, fis-je en tâtant discrètement mon couteau de chasse solidement attaché à mon mollet.

— Suivez-moi. Monsieur Labelle vous attend.

Je suivis l'homme dont la carrure m'impressionnait. «Sûrement un garde du corps», pensai-je. Lorsque nous sommes arrivés aux portes vitrées menant à la pièce de réunion, l'homme se tourna et me fit face.

— Monsieur Labelle ne reçoit jamais une personne armée, me dit-il lorgnant ma jambe gauche.

Je restai saisi pendant quelques secondes. Mon court silence trahit mon malaise et confirma les soupçons de mon
vis-à-vis. En équilibre sur ma jambe
droite, je pliai genou gauche et relevai
mon pantalon. Je sortis mon couteau de
l'étui et le remis à l'homme.

Je fis un pas vers la porte. L'homme
tendit le bras et m'arrêta net.

— Un instant s'il vous plaît, me dit-il
très poliment.

Il frappa à la porte et l'ouvrit. Il entra
dans la pièce sombre qu'une lampe à
l'huile éclairait à peine. Puis, il s'éloigna
de l'embrasure et me permit d'entrer.

J'avançai de quelques pas. Enfoncé
dans un divan, le visage dissimulé dans
l'obscurité, Conrad Labelle m'attendait.
Derrière moi, le garde du corps ferma la
porte d'un geste rapide et discret. Il se
plaça devant la porte, le corps à l'attention comme un soldat. Le colosse resterait
donc avec nous.

— Approchez, monsieur Skinner, me
dit Labelle.

La voix était chaude, claire, un brin
autoritaire. Je m'approchai et vis son

visage; il avait des traits fins mais une peau très pâle. Son regard avait quelque chose de glacial. Ses cheveux lissés vers l'arrière dégageaient un front large derrière lequel plusieurs idées semblaient mijoter. Je perçus une odeur de lavande et je supposai que l'homme se parfumait. Son complet noir rayé lui donnait beaucoup de prestance. Autant le dire, Conrad Labelle m'apparut tout de suite comme «un monsieur» et ma tenue commença à me gêner passablement...

— Venez vous asseoir, dit-il en me tendant la main.

J'avançai jusqu'à lui et lui serrai la main. Une poigne solide comme celle dont s'arment ceux qui commandent. Devant lui, sur une table à café, j'aperçus une carafe et deux verres, une feuille blanche et un crayon.

— Monsieur Skinner, j'ai besoin de vous, entama l'homme. Je me suis renseigné à votre sujet et je sais qui vous êtes, comment vous opérez, et ce que vous valez. Sachez d'abord que j'ai beaucoup d'admiration pour vous et que ma présence sur votre territoire ne signifie pas que je veuille vous en déloger. J'ai moi-même suffisamment d'accès aux États-Unis sans emprunter votre lac.

Il étendit le bras et saisit la carafe. Je remarquai un pansement enroulé à son poignet.

— Un verre de rhum? me demanda-t-il.

J'acceptai. Je me sentais à l'aise. Seule la présence du garde du corps me gênait encore.

— Ne vous en faites pas avec James, monsieur Skinner, devina Labelle. Il est sourd. Et muet. N'est-ce pas, James? lança-t-il vers la statue postée devant la porte vitrée.

La statue ne broncha pas.

— Vous voyez? dit-il sournoisement.

Il me tendit un verre plein et poursuivit son monologue.

— Monsieur Skinner, vous serez bientôt un homme riche.

— Je ne me débrouille pas si mal, vous savez...

— Oui, je sais, interrompit-il, mais ce que j'ai à vous proposer, c'est un gros coup. De l'ordre du million de dollars.

Je m'étouffai dans mon verre et éclaboussai la petite table. En moins de temps qu'il n'en faut pour le dire, James s'était approché, avait essuyé la table, m'avait tendu un linge pour m'éponger et avait regagné son poste.

— Restons calmes, monsieur Skinner, fit mon interlocuteur amusé.

— J'aimerais en savoir davantage.

— Bien sûr. Voici ce dont il s'agit: vous allez être le gardien d'une barrique d'or!

Mes yeux s'allumèrent. Une barrique remplie de pièces d'or...

Conrad Labelle s'aperçut de mon trouble et enchaîna:

— Il y a des risques, je tiens à vous le dire. Plusieurs personnes chercheront à la retrouver. J'en connais qui n'hésiteront pas à vous torturer pour se l'accaparer.

Torturer... Le mot résonna au fond de mon ventre.

— Une barrique pleine de pièces d'or, ce n'est pas facile à cacher, repris-je. Pourquoi ne pas dissimuler les pièces un peu partout?

— Vous m'avez mal compris, monsieur Skinner. Je vous parle d'une barrique d'or, «toute» en or...

C'en était trop. Je restai muet, la bouche grande ouverte. Conrad Labelle sourit et leva l'index en direction de James. Celui-ci sortit et revint presque aussitôt. Il portait une barrique sur son épaule gauche, une barrique de vingt gallons. L'homme fort déposa l'objet de bois à ses pieds.

— La barrique d'or sera en tout point semblable à celle-ci, me dit Labelle.

— Sera?...

— Elle est actuellement en fabrication. Elle sera prête bientôt.

Je considérai le tonnelet qui montait jusqu'au-dessus des genoux de James. Je l'imaginai tout en or. Je dus me pincer pour être bien sûr que je ne rêvais pas. Je tentai d'en savoir plus.

— Pourquoi voulez-vous me confier cette barrique, monsieur Labelle?

— Pour qu'elle soit en sécurité, tout simplement. Mes amis et moi, c'est tout ce que nous voulons.

— Je ne comprends pas très bien. De quels amis parlez-vous?

— Vous les rencontrerez sous peu; soyez patient, monsieur Skinner. Mes deux amis et moi, voyez-vous, nous avons un commerce très lucratif. Et notre argent, nous ne pouvons pas le déposer à la banque. Du moins pas entièrement. Si on saisissait nos biens, on perdrait tout. Alors nous achetons des immeubles, des voitures de luxe, et même des juges! ajouta-t-il en éclatant d'un rire sonore. Et maintenant, nous investissons dans l'or.

— Et si je refuse...

— Je ne connais personne qui refuserait un million de dollars, monsieur Skinner. Si je me suis adressé à vous, c'est parce que je savais que vous accepteriez. Me suis-je trompé?

Une foule de pensées contradictoires se précipitèrent dans ma tête: richesse, pauvreté, contrebande tranquille, torture, anonymat, faire partie des «grands»... Et si c'était un coup fourré pour me faire disparaître et me voler mon territoire? Avais-je le choix? J'en savais déjà trop...

— Vous ne vous êtes pas trompé, monsieur Labelle: j'accepte.

L'homme remplit les verres et nous trinquâmes. Il m'expliqua brièvement ce qui se passerait dans les semaines à venir et nous nous laissâmes bons amis.

Escorté par James, je mis les pieds dehors une demi-heure plus tard. J'emplis mes poumons d'air frais et j'empruntai mon sentier en sens inverse. Rendu à ma cabane, je m'étendis sur mon lit, mais je ne m'endormis qu'à l'aube. Une image me tourmentait. Constamment, la même scène revenait accaparer mon esprit: en sortant de l'auberge, j'avais vu deux hommes montant la garde devant la limousine de Conrad Labelle: cigarette au bec et mitraillette en bandoulière, ils attendaient leur patron.

Les pirates de la Rum Row

Quatre jours plus tard, tel qu'entendu avec Conrad Labelle, je me rendis à nouveau à l'Auberge des Smugglers. Une voiture noire avec chauffeur m'y attendait.

En m'apercevant, l'homme au volant de la Packard sortit du véhicule et m'ouvrit la portière arrière. Je m'y engouffrai et, à ma grande surprise, j'y vis un autre homme assis sur la banquette. Sans dire un mot, il tendit la main pour prendre mon baluchon.

— J'aimerais mieux le garder, dis-je, mal assuré.

— Comme vous voudrez, monsieur Skinner, me dit-il. Mais je dois absolument vous bander les yeux.

— Je sais, répondis-je, monsieur Labelle m'a prévenu.

L'homme tendit un morceau d'étoffe opaque devant mes yeux et l'attacha solidement derrière ma tête.

— Ça va comme ça, monsieur Skinner?

— Oui, répondis-je en serrant mon sac sur mes cuisses.

— Alors allons-y, Joseph! lança-t-il sèchement à l'intention du chauffeur.

Ce furent les derniers mots que j'entendis. Pendant les deux heures qui suivirent, aucune parole ne fut prononcée et aucun son ne sortit de la bouche de mes compagnons de route, si ce n'est le tous-sotement occasionnel de mon voisin dont j'ignorais même le prénom.

Quand nous fûmes enfin arrivés à destination, l'homme à ma droite m'auto-risa à enlever le bandeau qui m'avait ren-du aveugle momentanément. L'éclat de la lumière m'éblouit et je mis quelques secondes avant de recouvrer la vue.

Je retirai finalement les mains de mon visage. Ce qui me frappa d'abord, c'est la maison. Que dis-je? Le château!

Le chauffeur avait immobilisé la Packard dans l'allée, juste avant le grand cercle de fin gravier menant à l'entrée. Et quelle entrée! Des marches blanches, un balcon en marbre, le tout encadré par deux longues colonnes, blanches elles aussi.

Le premier étage était presque complè-tement vitré. De grandes fenêtres don-naient l'impression de s'ouvrir sur des pièces immenses où de belles dames de-vaient boire des cocktails servis par des domestiques stylés. Tout au bout, sur la gauche, une serre débordant de plantes vertes contrastait avec la brique rouge de l'édifice. Au deuxième étage, une série de portes vitrées donnaient sur de petits balcons: les chambres, sans doute.

L'ensemble ressemblait beaucoup à certaines maisons de riches propriétaires de la Nouvelle-Angleterre; mais ici, tout était tellement plus gros! J'en conclus qu'on m'avait amené aux États-Unis par de petites routes de bois, ce qui expliquait l'inconfort d'une grande partie du voyage.

— Bonjour, monsieur Skinner!

Conrad Labelle sortait de nulle part. Il venait vers moi, les mains tendues, accueillant.

— Venez, venez, insista-t-il, me tirant définitivement de ma rêverie.

Il m'agrippa par le bras et me conduisit à la maison.

— Vous avez fait bonne route? Pas trop mal aux fesses?

— Euh!... Disons que ce fut un peu long. D'ordinaire, je me rends plus facilement aux États-Unis.

— Ne vous fiez pas trop aux apparences, monsieur Skinner. Venez à l'intérieur; j'ai quelqu'un à vous présenter.

Dans la maison, c'était aussi beau qu'à l'extérieur. Malheureusement, Conrad Labelle ne m'invita pas à faire le tour du propriétaire. Il m'entraîna plutôt dans une pièce du rez-de-chausée, un salon confortable situé tout près du vestibule.

Calés dans des fauteuils de cuir, deux hommes dans la vingtaine, deux solides gaillards, nous attendaient. Ils se levèrent et vinrent vers nous.

— Monsieur Skinner, commença Labelle, je vous présente Henri Morazé, capitaine du Métamora. Son pilote, Pierre Ulric.

Je serrai la main des deux marins; des mains épaisses, fortes, raides comme du cuir tendu. Leur visage basané et cuivré leur donnait l'allure de corsaires.

— Ce sont des pirates, lança Labelle qui lisait encore dans mes pensées.

Les deux hommes sourirent. Je vis alors leur dentition clairsemée et je me dis que le nom de «terreurs des mers» leur aurait mieux convenu.

— Pirates, pirates... N'exagérons rien, dit enfin Morazé d'une voix caverneuse qui ne me rassura aucunement. Nous nous faisons voler des cargaisons régulièrement, vous savez: certains douaniers sont sans morale et sans scrupule!...

Nous nous sommes tous esclaffés.

— Henri est l'un des amis dont je vous ai parlé, reprit Labelle. Il opère sur la Rum Row.

— La Rum quoi? demandai-je.

— La *Rum Row*, reprit Morazé. L'*Allée du Rhum* si vous préférez. Elle s'étend de Saint-Pierre jusqu'à Nassau. Venez, je vais vous montrer.

Sur une grande table au centre de la pièce, des cartes géographiques étaient alignées de façon à n'en former qu'une seule.

— Nous sommes à peu près ici, dit Morazé en pointant du doigt un croisement de routes sur la carte (ce qui me permit d'apprendre que j'étais encore au Canada). Suivez-moi bien maintenant, ajouta Morazé en faisant glisser son doigt vers le haut.

Il m'expliqua alors que l'Allée du Rhum commençait aux îles Saint-Pierre et Miquelon; elle longeait la côte américaine jusqu'aux Bahamas. Morazé et d'autres capitaines de goélettes s'approvisionnaient à Nassau ou à Saint-Pierre.

On emplissait les bateaux de caisses de rhum, de whisky, de vin et de liqueurs fines. On longeait la côte et, en plusieurs endroits, on jetait l'ancre. La nuit venue, des contrebandiers américains venaient acheter discrètement une partie de la «marchandise» et regagnaient rapidement la rive. Bien sûr, les douaniers et les garde-côtes ne leur laissaient aucun répit, et c'est au prix de mille ruses qu'ils parvenaient à leur échapper.

Le bruit d'une automobile interrompit notre conversation. Une voiture entrait à grande vitesse dans le chemin de gravier. Devant la porte, le chauffeur freina brusquement et deux hommes à la mine patibulaire en sortirent. Aussitôt, ils s'élancèrent sur le balcon.

Conrad Labelle sourit, nous fit signe d'attendre et partit à leur rencontre. J'appris plus tard que ces deux individus s'appelaient Frank Nitty et Johnny Torrio.

L'homme de Chicago

Conrad Labelle conversa avec Nitty et Torrio pendant quelques minutes puis ils entrèrent pour les présentations.

Dès qu'ils mirent le pied dans la pièce, l'atmosphère s'alourdit: les deux hommes semblaient méfiants et agressifs et ils ne tenaient pas en place. D'ailleurs, à peine une minute après leur entrée dans le petit salon, ils sortirent et s'engagèrent dans le couloir. À notre air étonné, Conrad Labelle expliqua:

— Ils sont en reconnaissance; une question de sécurité. Ils font un tour rapide de la maison avant l'arrivée de leur patron.

— Et qui c'est, ce patron? demandai-je en regardant par la fenêtre.

— Al Capone! répondit fièrement Labelle.

Je me tournai vers lui. Je le regardai en silence pendant qu'il savourait son effet. Conrad Labelle était donc un ami du roi de la pègre américaine...

— Al Capone? Le vrai Al Capone? demandai-je, incrédule.

— Lui-même en personne, confirma Labelle. Ceux que vous venez de rencontrer travaillent avec lui. Le plus petit, Nitty, c'est son cousin; c'est un tueur à gages redoutable. Torrio, c'est un associé de Capone; il ressemble à un notaire de campagne mais ne vous y fiez pas trop: il a quelques fractures de colonnes vertébrales sur la conscience.

J'eus l'idée de partir, de sortir de cette maison, de courir jusqu'à la forêt et de marcher jusqu'au lac Memphrémagog. Mais c'était hors de question: à l'extérieur, des hommes circulaient partout. Je n'aurais pas fait dix pas qu'on m'aurait abattu. Il me fallait jouer le jeu jusqu'au bout. De plus, Al Capone arrivait.

Une limousine Cadillac, curieusement immatriculée Ontario 141-116, arriva en trombe. Derrière elle, une autre voiture remplie de gardes du corps suivait de près. «Il faut avoir beaucoup d'ennemis pour se protéger autant», pensai-je. Ulric et Morazé avaient l'air impressionné, eux aussi: le premier épiait à la fenêtre, et l'autre, songeur, s'activait une brindille de bois entre les dents.

En vitesse, Nitty et Torrio sortirent de la maison et se rendirent à la longue voiture. Un peu en retrait, les hommes de Capone, mitraillettes brandies, avaient déjà pris position et surveillaient les abords de la maison.

Une portière s'ouvrit et un homme encore jeune, un peu rondelet, fit irruption entre les éclaireurs. Il replaça son chapeau Borsalino et s'avança vers les marches d'un pas décidé. À sa main gauche, un long cigare émergeait entre deux bagues brillantes.

— Cher Conrad! s'exclama-t-il en entrant. Heureux de vous revoir!

Conrad Labelle nous présenta à lui. Je remarquai une balafre sur sa joue gauche, comme la cicatrice de trois coupures profondes; je présumai que l'homme n'avait pu esquiver tous les coups...

— Vous avez une belle Cadillac, lui lança Labelle en anglais.

— Elle est toute neuve, déclara Capone, enjoué. Tout est blindé: la carrosserie, les vitres et même le réservoir d'essence.

— Et si les policiers vous tirent dans les pneus? demanda Morazé qui pensait le prendre en défaut.

— Il y a un liquide spécial dans les chambres à air, répliqua Capone. Si on réussit à percer les pneus, le liquide bouche les trous. J'ai même une sirène de police pour m'amuser un peu, ajouta-t-il en riant. Et je ne vous dis pas tout, conclut-il énigmatique.

— Comme son prix par exemple,... dit Labelle du bout des lèvres.

— Six mille dollars! lança Capone.

Je ravalai ma salive. Moi, je mettais plusieurs mois pour amasser cette somme.

Capone se tourna vers les deux gorilles qui l'accompagnait et claqua les doigts. Les deux hommes sortirent.

— Ils vont chercher la barrique? demanda Conrad Labelle.

— Exactement, répondit Capone. Vous allez voir, elle est magnifique.

La barrique

Nitty et Torrio revinrent quelques minutes plus tard avec une caisse de bois très lourde. Ils la déposèrent au milieu de la pièce et sortirent. Capone sortit un trousseau de clés et déverrouilla les deux cadenas qui maintenaient le contenu à l'abri des regards curieux. Lentement, il souleva le dessus de la caisse.

Tout l'intérieur était capitonné de velour rouge. En plein centre, une réplique parfaite d'une barrique de vingt gallons, toute en or. On aurait dit une immense pierre précieuse brillant dans son écrin.

Nous étions tous penchés au-dessus du joyau et restions silencieux, éblouis.

— Vous pouvez y toucher, railla Capone, nous sortant brusquement de notre idolâtrie.

Comme les autres, je tendis la main vers l'objet et le touchai du bout des doigts. C'était une œuvre parfaitement lisse, éclatante et dure. Un ouvrage exécuté avec précision: chaque planche du tonneau était finement sculptée et mise en relief. À l'une des extrémités, on avait même reproduit un petit robinet auquel une goutte d'or était restée suspendue.

J'avais une question au bout des lèvres. Conrad Labelle la devina.

— Vous vous demandez combien vaut ce chef-d'œuvre, monsieur Skinner? La réponse est simple: messieurs Capone, Morazé et moi-même, nous avons versé chacun deux millions de dollars pour la réalisation de cette barrique. Faites le compte.

Encore une fois, j'eus l'impression que tout était trop grand pour moi: la maison, les voitures, les armes, les sommes d'argent...

— Asseyons-nous à la table, dit Labelle. Monsieur Skinner, ça va justement être à votre tour de parler.

Tous étaient assis autour de la grande table de chêne: Morazé d'un côté, Capone à une extrémité, Labelle à l'autre. Pierre Ulric était sorti et s'était posté devant la porte, dans le couloir; je l'entendais parler avec Nitty et Torrio.

Je déposai mon baluchon sur la table. J'en sortis une carte géographique et quatre pièces de bois qui, accolés les unes aux autres selon un ordre donné, formaient une flèche. Placée sur ma carte au bon endroit, cette flèche indiquerait l'emplacement exact de la barrique. Impossible pour une, deux ou trois personnes de s'associer pour s'emparer du trésor sans le consentement des autres: chacun conserverait une partie de la flèche et c'est moi qui garderais le triangle de la pointe.

— Qui nous dit que Skinner va cacher la barrique là où il le dit? objecta Morazé avec vigueur.

— Qui vous dit qu'il ne le fera pas? répondit Capone sur le même ton. Il a de la famille comme tout le monde... ajouta-t-il en regardant dans ma direction.

Je compris l'avertissement.

— Et si quelqu'un lui fait *cracher le morceau*? demanda encore Morazé qui s'acharnait.

— Écoutez, Henri, reprit calmement Conrad Labelle, nous sommes les seuls à connaître cette entente, n'est-ce pas?...

Des yeux, il nous consulta. Ayant reçu notre assentiment, il poursuivit:

— Qui donc, Henri, voudrait malmener notre ami Skinner? Nous avons versé une forte somme pour cette barrique; à la revente, monsieur Skinner touchera son million. C'est tout; il n'y a rien à redire, rien à craindre. Je me porte garant de monsieur Skinner; j'ai fait enquête et je peux vous assurer que c'est un trafiquant— honnête!

Pour rassurer complètement le pirate, je proposai de lui remettre la carte. Il en serait le gardien. Les trois hommes se consultèrent et acceptèrent mon offre. Remis en confiance, Morazé capitula et calma ses soupçons à mon égard.

Satisfait de la tournure des événements, Conrad Labelle mit un terme à la rencontre.

— Monsieur Skinner, restez dans votre cabane pendant toute la semaine prochaine. Vous recevrez cette caisse dans quelques jours. Et bonne chance!

Nous nous serrâmes tous la main. Pour sceller l'entente, Labelle sortit une bouteille de cognac français et nous trinquâmes à l'avenir et au succès de notre arrangement.

Avant de partir, nous avons eu droit à une surprise que nous avait réservée Capone: il fit don à chacun de nous d'une ceinture cloutée d'or dont la boucle, sertie de trente émeraudes, formait la lettre C. C'était, paraît-il, un cadeau qu'il ne donnait qu'à ses amis proches. J'en faisais maintenant partie.

Trois jours plus tard, à la brunante, deux hommes à bord d'un bateau-moteur m'apportèrent la caisse contenant la barrique d'or. Ils la déposèrent au milieu de ma cabane et partirent aussitôt. Je pensai qu'ils ne savaient sûrement pas ce qu'ils transportaient, sans quoi Conrad Labelle ne les aurait jamais revus et moi je n'aurais jamais vécu assez vieux pour écrire ces lignes. Le lendemain matin, à l'aide d'un palan de ma fabrication, je réussis à sortir la caisse de ma cabane. Quelques heures plus tard, la barrique dormait paisiblement dans la nuit pendant que moi j'écrivais cette histoire...

Uriah Skinner,
lac Memphrémagog, 12 juin 1928.

Chapitre 3
Drôle de commerce

— Une barrique d'or, murmura Catherine en refermant le cahier. Une barrique d'or... C'est fabuleux, Olivier.

— Je me demande combien elle vaudrait aujourd'hui, dis-je en parlant moi aussi à voix basse.

— Je dirais... environ dix fois plus.

— Soixante millions. C'est colossal, sans bon sens...

— Vingt gallons, c'est combien en Celsius? ricana Catherine.

— Oh!... je dirais entre quatre-vingts et cent litres. La caisse doit être assez grosse. La grande question c'est «Comment la retrouver?», soupirai-je. Nous n'avons ni la carte, ni les autres pièces de bois; nous ne connaissons ni Morazé, ni Labelle. Ça va bien...

— Quand est mort Al Capone?

— Je ne sais pas, répondis-je. Dans les années 30 ou 40. On a ouvert une de ses voûtes secrètes en direct à la télévision, il n'y a pas longtemps. Une vraie mascarade: la police s'attendait à trouver une fortune et des documents incriminants.

— Et alors?

— Il n'y avait rien. Quelques bouteilles vides, des vieilles factures, des bricoles. Un vrai fiasco.

Catherine réfléchissait.

— Une chose est sûre, dit-elle enfin, cette barrique n'est pas loin; à la fin de son histoire, Skinner parle de «quelques heures».

— En bateau, on va loin en quelques heures, objectai-je.

— Tu crois qu'il l'a transportée sur le lac?

— Je parierais là-dessus. À moins qu'il ne l'ait enterrée derrière sa cabane.

— Il y a probablement un lien entre ce trésor et les trois mille plongées de Jacques Boisvert, supposa Catherine. Tu ne crois pas?

— Moi, je crois qu'on devrait aller dormir. On y verra beaucoup plus clair demain matin.

— Tu as bien raison, approuva Catherine en s'étirant les bras vers le plafond. Tout commence à s'embrouiller dans mon cerveau.

Catherine retira le pendentif triangulaire et le déposa sur le cahier de Skinner. En voyant l'objet ainsi placé, je ne sais pourquoi, j'ai eu une impression étrange.

Le lendemain, à l'hôtel de ville de Magog, nous eûmes quelques réponses aux questions que nous nous posions. Le greffier nous apprit qu'un certain U. Skinner avait bel et bien habité dans la région pendant les années 20. Mais les registres n'étaient pas suffisamment précis pour nous indiquer l'endroit exact où il avait résidé. Seule l'étiquette «commerçant» qualifiait notre homme. Le recensement paroissial situait sa cabane «sur la rive ouest du lac». La belle affaire: trente-cinq kilomètres à explorer avant d'atteindre la frontière américaine!...

Avec Conrad Labelle, nous eûmes plus de chance. Le greffier n'avait pas d'informations sur lui dans ses gros livres, mais il avait entendu dire qu'il était mort récemment. Retiré de la contrebande depuis plusieurs années, Labelle avait vécu ses derniers jours paisiblement retranché dans son domaine de Venise-en-Québec. Nous risquâmes une question sur Henri Morazé, mais le nom ne dit rien à l'archiviste.

— Vous cherchez des bootleggers? nous demanda l'homme alors que nous allions partir.

— Qu'est-ce que ça veut dire, bootlegger? demandai-je à mon tour.

— C'est une autre façon de dénommer les contrebandiers. On les appelait comme ça parce qu'anciennement les trafiquants d'eau-de-vie qui corrompaient les Indiens cachaient des flacons dans leurs grandes bottes.

— Il y en a encore? demanda Catherine.

— Pas vraiment. Enfin... ça ne se passe plus de la même manière. Il y a encore de la contrebande d'un bord à l'autre de la frontière, mais ça a beaucoup changé. Après la guerre, on passait des meubles, des réfrigérateurs, des téléviseurs. Maintenant c'est de la drogue.

— Vous en connaissez, vous, des bootleggers? risquai-je le plus innocemment que je pus.

— Non. Aucun, répondit l'homme sans hésiter.

Nous n'apprendrions rien de plus. Catherine insista:

— On vous a sûrement raconté des choses...

— Une ou deux, mais je ne me rappelle pas très bien. Il y a longtemps, vous savez...

— Faites un petit effort, gémit presque Catherine.

Le greffier céda.

— J'ai déjà entendu parler de téléphériques le long de la petite rivière Hall qui sépare le Québec du New Hampshire. Si vous allez fouiner dans les bois de ce côté-là, vous verrez peut-être des petits poteaux de fer qui servaient de supports aux nacelles. On passait des cigarettes, des alcools, toutes sortes de choses.

Vraisemblablement, notre interlocuteur en savait beaucoup. D'après la petite flamme qui brillait dans ses yeux, on pouvait supposer qu'il avait lui-même participé à quelques équipées nocturnes pas tout à fait légales...

— Il y a un truc qu'on utilisait dans le coin de Rock Island, enchaîna l'homme devenu tout à coup plus volubile.

— Et qu'est-ce que c'était? demandai-je, avide.

— C'était bien spécial. Dans les années 40, du côté américain, on organisait des bingos où les Canadiens se rendaient en grand nombre. Bien souvent, les joueurs n'utilisaient pas la route; c'était plus court de passer à travers champs ou par des chemins de bois. Les douaniers fermaient les yeux. Un jour, un contrebandier profita de la situation et commença à expédier une nouvelle marchandise: des vaches. Et pour ne pas éveiller les soupçons, notre homme chaussa de bottes les animaux. Ni vu, ni connu. C'est une pratique qui a duré assez longtemps, les vaches à bottes...

— Génial! laissa tomber Catherine.

Le fonctionnaire sourit.

— Les bootleggers étaient très inventifs... J'ai appris qu'à Montréal, au début des années 30, la GRC avait fait une descente dans une manufacture de vêtements!

— ... de vêtements? m'étonnai-je.

— Ça, c'était la couverture, comme on dit. Les policiers avaient suivi les allées et venues d'individus qu'ils soupçonnaient de contrebande. Les pistes menaient toujours à cette manufacture. Un jour, ils y sont entrés en force et ils ont fait des découvertes étonnantes. Au sous-sol, il y avait une fabrique de cellophane, tout ce qu'il y a de plus régulier. Mais un peu par hasard, ils trouvèrent un accès à un deuxième sous-sol: à l'intérieur d'un prétendu réservoir de produits chimiques placé à la verticale, il y avait une échelle qui menait à une imprimerie clandestine; on y produisait des fausses étiquettes de bouteille de whisky et de faux billets de banque.

— Une belle prise, commenta Catherine.

— Ce n'était que le début, poursuivit le greffier. Alertés par l'odeur suspecte qui envahissait l'imprimerie, les agents ont découvert un troisième sous-sol! Et là, ils mirent à jour ce qui se cachait là-dessous, si je puis dire: un alambic. Pour éviter d'être repérés, les contrebandiers avaient installé un système de tuyauterie souterraine qui acheminait l'alcool dans un entrepôt désaffecté situé de l'autre côté de la rue Notre-Dame. L'embouteillage se faisait là, clandestinement.

— Ingénieux, commentai-je.

— Avez-vous appris des choses sur ce qui se passait sur le lac Memphrémagog? demanda Catherine.

Dans le couloir, une porte grinça et une ombre passa rapidement. Le visage du greffier s'assombrit et il parut inquiet.

— Je pense que c'est assez pour aujourd'hui, trancha l'homme qui se mit à pianoter nerveusement. Si je continue, des noms pourraient s'échapper de ma bouche et je le regretterais. Vous reviendrez un autre jour; je dois travailler maintenant.

Dehors, Catherine regarda vers le lac et dit:

— Tu peux être sûr qu'on va revenir, mon bonhomme. Tu en as encore à raconter... C'est curieux, ajouta-t-elle, on aurait dit qu'il avait peur quand nous sommes sortis.

— On ferme l'école de planche? demandai-je en profitant d'une bourrasque.

— Entièrement d'accord, approuva Catherine. Moi, quand il commence à faire froid comme ça, je ne pense qu'à une chose, poursuivit-elle en m'embrassant sur la joue.

Je passai son bras autour de son cou.

— Et qu'est-ce que c'est?... fis-je chaleureusement.

— Je pense à aller en Italie!

— En Italie? dis-je, étonné.

Elle se dégagea de mes bras et fit quelques pas de côté.

— À Venise! reprit-elle. À Venise-en-Québec, grand crétin!

Elle se mit à courir, et je restai pantois pendant quelques secondes. Revenu à moi, je la poursuivis à toutes jambes et finis par la coincer dans le champ de maïs adjacent au chalet...

DEUXIÈME PARTIE
Nous deux contre bande

Chapitre 4
Changement de cap

Jeudi, 30 août

Baie Missisquoi. Dans quelques minutes, nous arriverons à Venise-en-Québec.

Nous sommes un peu fatigués. Hier, nous avons consacré toute la journée à ranger le matériel et à contacter nos élèves pour les aviser de l'annulation des cours. Personne n'a protesté: il faut dire que le temps froid nous a beaucoup aidés.

Olivier a passé une partie de la nuit à écrire toute notre histoire. Et ce matin, j'ai tout lu pendant qu'il conduisait. Dans l'ensemble, ce qu'il raconte est assez près de la vérité. Sauf pour une chose: le champ de maïs. Ce n'est pas vrai qu'il m'y a coincée. Enfin, ce n'est pas comme ça que ça s'est passé. J'y reviendrai peut-être.

Pour l'instant, c'est moi, Catherine, qui tiens le crayon. Évidemment, je n'écris pas comme lui. Je n'ai pas les mêmes préoccupations et je suis plus directe.

Par exemple, je dirai tout de suite que je le trouve bien beau, ce matin, Olivier, avec ses petits yeux endormis, ses mèches blondes dépeignées et son chandail un peu croche. Moi, la perfection, ça m'énerve. Alors avec lui, — aucun doute là-dessus! — c'est la grande détente.

Quatre ans que je le connais, Olivier Tanguay. On s'est rencontré à la cafétéria du cégep. Je regardais au plafond, lui au plancher: bang! Face à face. Les plateaux ont sauté en l'air. Il y avait de la soupe partout. (Lui, la soupe, il lui en faut à tous les midis; moi, je suis comme Mafalda!) Mon spaghetti s'est répandu par terre et «un-peu-beaucoup» sur ses souliers. Mon chandail rouge s'est coloré relish-moutarde. J'ai d'abord cru qu'il allait se fâcher. Au lieu de ça, il a ri. Moi, j'étais déjà tordue de rire: il avait une paille plantée dans les cheveux et il ne le savait même pas; il l'a gardée un bon dix minutes avant de s'en apercevoir...

Tiens, la pluie qui commence à tomber. Olivier s'est arrêté à un casse-croute pour acheter des brioches. C'est une bonne idée; je commençais à avoir faim. Ces temps-ci, j'ai toujours faim; ça doit être l'énervement.

Olivier s'est informé: les Labelle sont tous partis. Ils ont tout vendu après la mort de Conrad et ils sont allés vivre aux États-Unis, dans le New Jersey. Je les comprends bien: le soleil, les belles plages... Ma tante Josée s'est installée là, elle aussi, la chanceuse. Je vais lui écrire. Elle est journaliste; peut-être pourra-t-elle nous aider.

Le commis du casse-croûte a dit à Olivier qu'il croyait qu'un cousin de Conrad Labelle habitait encore à Venise. Il s'appelle Georges. Nous y serons dans dix minutes. J'arrête donc ici ma narration. J'ai tout juste le temps d'esquisser ma lettre à tante Josée.

Le même jour, 21 heures

Ouf! Quelle journée!

Je reviens d'une longue promenade avec Olivier; j'en ai profité pour poster ma lettre. J'espère que Josée va trouver quelque chose. Je sens que nous en aurons besoin.

Vers onze heures, nous sommes arrivés chez Georges Labelle. Nous l'avons facilement repéré: il est inscrit dans l'annuaire téléphonique. Il nous a accueillis très poliment et il nous a longuement parlé de son cousin même si, disait-il, il ne l'avait pas tellement côtoyé. Selon lui, Conrad était un homme généreux malgré ses «péchés de jeunesse». D'ailleurs, Georges avait reçu une juste part de l'héritage et semblait vivre dans un certain confort...

— Vous n'avez jamais entendu parler d'une barrique? glissa Olivier entre deux envolées de notre hôte.

— Une barrique? Quelle barrique? Vous savez, toutes les barriques qui sont passées par ici, s'il avait fallu qu'on entende parler de cha-cune d'elles, on en aurait les oreilles tordues!

— Non, précisa Olivier, pas n'importe quelle barrique; une en particulier qui se serait perdue, ou à laquelle il aurait attaché plus d'importance.

Georges Labelle ne parlait pas. Il nous regar-dait avec méfiance, comme s'il cherchait à devi-ner ce qu'on voulait lui cacher.

— Qu'est-ce que vous voulez au juste? demanda-t-il finalement.

Je pris la relève d'Olivier.

— C'est assez simple, dis-je avec assurance. Nous faisons des études en histoire à l'Université de Sherbrooke et nous avons commencé une re-cherche sur la fabrication du vin. Nous sommes allés à Dunham et, ce matin, un viticulteur nous a parlé de votre cousin. Il nous a référés à vous nous disant que «Conrad avait conservé une vieille barrique qu'un contrebandier lui avait donné dans sa jeunesse». Pour nous, c'est impor-tant, vous comprenez? Il ne reste rien de cette barrique? Une pièce de bois, je ne sais pas...

Sous la table, Olivier m'écrasa le pied: je men-tais effrontément et avec une facilité surpre-nante.

— Une barrique, murmura Georges Labelle comme s'il cherchait dans sa mémoire. Non vrai-ment, je ne vois pas. C'est drôle quand même...

— Qu'est-ce qui est drôle? demandai-je.

— Vous êtes les deuxièmes à me demander une relique de mon «saint» cousin. C'est vrai qu'il était une légende, ajouta-t-il fièrement.

— Les deuxièmes?

Ébahis, Olivier et moi avions posé la question en même temps.

— Oui. L'an dernier, quelqu'un est venu, un mois environ après la mort de Conrad. Il cherchait «une pièce de bois», lui aussi. Quand vous avez employé ces mots-là, mademoiselle, ça m'a rappelé l'autre homme.

— Faisait-il une recherche? demandai-je à la fois pour en savoir plus et à la fois pour garder notre informateur en confiance.

— Non. Il m'a dit que Conrad devait lui faire parvenir un souvenir de voyage, mais sa mort subite l'en avait empêché. Une drôle d'histoire. Un peu louche même.

— Et vous l'avez trouvée, cette pièce de bois? demanda Olivier assis sur le bout de sa chaise.

— Oui. L'exécuteur testamentaire avait conservé tout ce qui n'avait pas été réclamé. Il ne restait que quelques babioles dans un coffret que mon cousin gardait sous clé. Je n'ai jamais compris pourquoi d'ailleurs.

— Et qui était l'homme? demandai-je, anxieuse.

— Je ne me souviens plus de son nom. Mais il venait de loin. Attendez... des Îles-de-la-Madeleine. Non, excusez-moi: de l'île Saint-Pierre. Les îles Saint-Pierre et Miquelon, vous connaissez?

Si on connaissait? Et comment! Il ne pouvait s'agir que de Henri Morazé.

L'affaire prenait une autre tournure. Nous n'étions plus seuls dans la course. Et quelqu'un à Saint-Pierre avait pris une longueur d'avance...

Nous prîmes congé de Georges Labelle, nous excusant de lui avoir fait perdre son temps. Il ne partageait pas notre avis: «les occasions de voir du monde sont rares maintenant», nous lança-t-il avant de nous souhaiter bonne chance dans nos recherches.

De la chance, il allait nous en falloir beaucoup dans les prochains jours. Et du courage aussi. En effet, à peine sortis de la maison, nous aperçûmes notre hôte qui nous épiait derrière un rideau du salon. Il m'a bien semblé alors qu'il tenait le récepteur du téléphone...

En fin d'après-midi, nous sommes revenus à Magog. Dans l'auto, la discussion a été animée. Évidemment, la grande question était: allions-nous continuer?

Olivier y tient. Moi, j'hésite. Si Henri Morazé s'est déplacé jusqu'ici, ce n'est pas par pur plaisir. Ça ne doit pas être un farceur. Ni un imbécile. Mais quel âge peut-il avoir? Tout ça s'est passé en 1928...

— Il ne peut rien faire sans nous, dit Olivier. C'est nous qui avons le triangle, la pointe de flèche.

— Et nous, nous ne pouvons rien sans lui, complétai-je. C'est lui qui a la carte et au moins deux autres morceaux du casse-tête.

— Alors, nous n'avons plus qu'à négocier.

— Négocier avec un tueur? Non merci!

— Rien ne dit que c'est un tueur. Et on peut négocier à distance.

— Il faudra bien se rencontrer un jour, non?

— Euh!... Oui. J'imagine. Je n'avais pas pensé à ça.

— Eh bien, justement, il faudrait peut-être que tu commences à y penser! Un trésor, je veux bien, mais j'aimerais ça, aussi, rester en vie!

— On pourrait se trouver un intermédiaire, quelqu'un qui ferait le pont entre lui et nous.

— Pourquoi ne pas impliquer la province au complet tant qu'à y être? Non, nous devons régler ça nous-mêmes.

J'ai oscillé comme ça tout au long de notre voyage de retour: tantôt j'étais pour, tantôt j'étais contre. Après le souper, on en a encore parlé. Nous avons marché longtemps et nous avons finalement pris la décision de poursuivre. Demain, nous réglons le problème de la session d'automne à l'université: nous nous inscrirons à la session d'hiver. Enfin... pour l'instant, car si nous décrochons une bourse en or, il est possible que nous revoyions certaines priorités...

Mais demain, c'est demain. Pour tout de suite, je vais rejoindre Olivier. Il est presque vingt-deux heures. Je l'entends ronronner dans la chambre; il a encore trop mangé. Quand il ronfle, je le chatouille un peu et il arrête aussitôt. Parfois même, ça le réveille. Alors là...

Chapitre 5
L'un rit, mais pas l'autre

Pendant les jours qui suivirent, ce fut le calme plat. Enfin presque.

Nous sommes retournés à l'hôtel de ville de Magog. Là-bas, le greffier était devenu muet comme une carpe: «les élections approchent, mes jeunes amis, et je suis surchargé de travail. Une autre fois, si vous voulez bien», nous dit-il en nous invitant poliment à sortir. Malgré sa fermeté, un certain malaise se lisait dans ses yeux et quelques tics trahissaient les craintes qui semblaient l'habiter depuis notre première visite.

À la faculté d'histoire de l'Université de Sherbrooke, le report de notre inscription s'est réglé rapidement et sans difficulté. Une fois sur place, nous en avons profité pour aller faire un tour à la bibliothèque. Il n'y avait qu'un seul livre sur Saint-Pierre et Miquelon: un guide touristique. Pas très utile pour nous. À la bibliothèque municipale, ce fut beaucoup plus rapide: il n'y avait rien! La bibliothécaire nous suggéra de nous adresser au consulat, à Montréal. Je nous imagine dans le bureau du consul: «Pardon monsieur, vous n'auriez pas l'annuaire téléphonique de Saint-Pierre? Nous cherchons l'adresse d'un de vos compatriotes: Henri Morazé. Vous savez bien... celui qui faisait de la contrebande sur l'Allée du Rhum». Bon. Initiative à rejeter.

Puis, Olivier eut l'idée d'aller rencontrer le plongeur Jacques Boisvert. «Quelqu'un qui plonge trois mille fois dans un lac, disait-il, devrait le connaître assez bien.» Et en effet, il le connaît!

Sans le prévenir, nous nous sommes rendus à son bureau d'assureur situé sur la rue Principale, en plein cœur de Magog. Après une courte attente, l'homme d'une cinquantaine d'années nous reçut. Un «Bonjour!» sonore et il nous fit entrer dans son cabinet de travail.

— Alors on se marie et on veut de l'assurance? nous lança-t-il tout de go.

Olivier rougit, et je réprimai un sourire.

— Il me semble que je vous connais, jeune homme, poursuivit le vendeur qui dévisageait mon «mari».

— Nous nous sommes déjà rencontrés, dit amicalement Olivier. Catherine et moi, nous vous voyons souvent passer sur le lac. C'est nous qui avons mis sur pied l'école de planche à voile.

— Ah oui! je vois. Vous êtes bien assurés au moins?

— Oui, oui. Tout est en règle, poursuivit Olivier. Ce n'est pas pour ça que nous sommes ici...

— Olivier! interrompit une secrétaire qui entrait avec une liasse de documents dans les mains.

Elle laissa tomber sa charge sur le pupitre et sauta au cou d'Olivier. Jupe courte, talons hauts, tout y était pour séduire «mon homme». Assise sur ma chaise droite, je fulminais.

— Julie! Comme ça fait longtemps! pleurnicha Olivier.

N'y tenant plus, je toussotai, ce qui ramena sur terre les amants réunis.

— Oh! fit Olivier qui reprenait conscience. Julie, voici Catherine: c'est ma «fiancée».

Il avait prononcé le mot comme s'il avait voulu ridiculiser notre relation. Mon air se durcit. Lui, il arborait un large sourire.

— Catherine, m'interpella-t-il à mon tour, c'est Julie, ma «blonde» de secondaire quatre.

— Enchantée, dis-je sur un ton faussement indifférent.

La «déesse» sortit aussi vite qu'elle était entrée. Jacques Boisvert la suivit, une feuille dans chaque main et son crayon entre les dents.

— Je ne la connaissais pas, celle-là, fis-je, contrariée. Il y en a beaucoup comme ça qui te sautent au cou en pleine rue? Celle de secondaire cinq, c'était la semaine dernière?

Olivier voulut parler, mais je le coupai et continuai mon «solo».

— Chose certaine, elle a gardé un bon souvenir... Tu comptes la revoir? Tu pourrais peut-être lui offrir une part du trésor: elle pourrait s'acheter du tissu pour allonger ses jupes!

Olivier souriait. Je le sentis sur le point d'éclater de rire, ce qui me rendit encore plus furieuse.

— C'est ça, ris! ajoutai-je durement.

Je ne sais pas ce qui me fâchait le plus: le fait que cette Julie l'ait agrippé, la pensée qu'Olivier se fichait de moi, ou le sentiment un peu flou de me rendre ridicule... Après tout, c'était elle, l'allumeuse.

— C'est ma cousine, dit enfin Olivier du bout des lèvres.

— Pardon?

— C'est ma cousine, répéta-t-il. À l'école, tout le monde disait que c'était «ma blonde» parce qu'on était toujours ensemble. Tu peux être sûre qu'il n'y a rien entre elle et moi, si ce n'est qu'on s'aime bien. Si tu m'avais laissé parler, tu aurais économisé un peu d'adrénaline...

J'aurais voulu rentrer en dessous de ma chaise. Ce qu'on peut être bête, parfois. Maudite jalousie!

— Tu m'en veux? demandai-je, contrite.

— Non. Et puis c'est bon pour l'ego de se savoir aimé à ce point, ajouta-t-il sur un ton ironique. Pour dire vrai, il n'est pas impossible que ça arrive, tu sais: un beau mâle comme moi...

— Tu ne l'aurais pas fait exprès, par hasard?

Il bomba le torse et souffla sur les ongles de sa main gauche. Il crânait, l'air dangereusement provocateur.

— Euh!... Peut-être, confessa-t-il.

Je bondis sur lui et commençai à le marteler de coups retenus. Il riait. De moi, probablement. Moi aussi, je riais. De la même personne...

Quand Jacques Boisvert revint dans son bureau, il eut droit à un beau spectacle: assise sur Olivier, je l'embrassais passionnément.

— Alors, ce mariage, c'est pour quand? demanda l'assureur arrivé sur la pointe des pieds.

Nous avons sursauté. Je me rassis sur ma chaise et sentis le rouge me monter au visage.

— Nous ne voulons pas nous marier, monsieur Boisvert, répondit Olivier; nous voulons savoir ce que vous cherchez dans le lac.

Pris par surprise, l'homme recula sa chaise et baissa les yeux. Puis, il releva la tête lentement et se tourna vers sa bibliothèque dans laquelle trônaient des vieilles bouteilles disséminées un peu partout. Trop occupés depuis notre entrée dans la pièce, nous n'avions pas remarqué la présence de ces objets parmi les livres. Boisvert prit une bouteille et la déposa sur son pupitre.

— Regardez, dit-il: j'en ai trouvé treize mille comme celle-là. Peut-être plus.

Il se leva et ouvrit la porte d'un placard.

— Vous voyez ces boîtes? Elles sont pleines. J'ai une collection impressionnante. Il y en a de toutes les grosseurs, de toutes les formes, des belles et des affreuses.

Son dernier mot résonna dans mes oreilles. Pourquoi «affreuses»? Il y avait quelque chose de faux dans son discours.

— Pourquoi dites-vous «affreuses»? demandai-je. Je ne comprends pas; on dirait que certaines de vos découvertes vous sont antipathiques. Ça m'étonne un peu...

Olivier me foudroya du regard, comme s'il me reprochait ma curiosité. Mais j'avais mis le doigt au bon endroit. Sans le savoir, j'avais touché une plaie vive: Boisvert craqua.

— Vous avez raison, mademoiselle, je déteste certaines bouteilles. En fait, je les déteste presque toutes.

Son visage se crispa et ses yeux devinrent de plus en plus vitreux. Je regrettais quasiment d'avoir parlé. Il poursuivit:

— Vous voulez savoir ce que je cherche? Vous croyez que je plonge comme ça, tous les jours, pour découvrir un trésor enfoui? Vous vous trompez. Vous voyez bien: tout ce que je trouve, ce sont des maudites bouteilles!

Il reprit son souffle, renifla et continua son monologue.

— Je cherche mon père, lança-t-il en enfonçant sa tête dans ses deux mains. Il s'est noyé.

Dans le silence de la pièce, on n'entendait que ses sanglots.

— C'est arrivé il y a trente ans, enchaîna-t-il. Il buvait beaucoup. Un jour, complètement ivre, il s'engueula avec ma mère; après quelques minutes, il sortit de la maison et se rua vers son bateau, une bouteille de scotch à la main. C'est la dernière image que je garde de lui. Il n'est jamais revenu. Le lendemain, on a retrouvé son bateau au milieu du lac. Le réservoir d'essence était vide. Aucune trace de mon père. Et à chaque fois que je plonge, je trouve une bouteille. À chaque fois je me demande: était-ce celle-là? La vie est cruelle!...

Je me mis à manquer d'air. Olivier, lui, resta figé sur sa chaise, un nœud dans la gorge.

— Vous ne croyez pas que vous vous faites plus de mal que de bien en cherchant toujours? finis-je par dire.

— Peut-être, admit-il. Peut-être aussi est-ce une façon pour moi de le garder en vie...

Je faillis lui dire qu'une illusion n'est pas la réalité, mais il semblait le savoir aussi bien que moi. Mieux que moi.

Nous prîmes congé gauchement, balbutiant des excuses pour notre intrusion inopinée. Jacques Boisvert ne s'en formalisa pas. Ayant repris contenance, il nous remercia de lui avoir permis d'expulser temporairement «le démon qui l'habite».

Un peu bouleversés, nous n'avions plus grand-chose à dire en revenant au chalet. Une certaine torpeur s'était emparée de nos neurones. C'est seulement en tournant la clé dans la serrure de la porte que nous en sortîmes: le téléphone sonnait.

Chapitre 6
Histoires à dormir debout

— *A personal call from Newark, New Jersey, for miss Catherine Pinard please...*

— Oui, c'est m... *It's me*, corrigeai-je aussitôt en gesticulant pour faire tomber ma veste en denin.

— Catherine? C'est Josée. Comment vas-tu?

— Bien. Tu as déjà reçu ma lettre? Vive le courrier express! Comment ça va dans votre coin?

— C'est toujours aussi merveilleux. Écoute, je suis au journal et j'ai beaucoup de choses à te raconter; je ne veux pas dépenser mon budget d'appels interurbains sur un seul, alors si tu n'as pas d'objection, je commence tout de suite. Prends un crayon.

— Je suis prête.

— Je commence avec Capone, Al de son prénom. Il a été arrêté en 1930 dans des circonstances un peu étranges: après «le massacre de la Saint-Valentin» de 1929, — une vraie boucherie, en passant — il commença à avoir peur de l'«Organisation» et il ne se sentait plus en sécurité même s'il était constamment entouré de ses gardes du corps. Alors il a lui-même planifié son arrestation: il s'est fait épingler avec deux mitraillettes Thompson dans sa voiture. Il a été condamné à dix mois de prison. Pendant qu'il se reposait dans sa cellule aménagée, des enquêteurs de l'impôt ont scruté ses livres de comptes et ils ont réussi à le coincer: il a écopé de dix ans. Il est sorti d'Alcatraz en 1939 et il s'est retiré dans sa résidence de Palm Island en Floride. Il n'était plus qu'une épave, semble-t-il. Il est mort en 1947 des suites d'une MTS qu'il avait contractée dans sa jeunesse. En as-tu assez?...

— Oui. Et les autres?

— Johnny Torrio est mort en avril 1939: une crise cardiaque sur la chaise de son coiffeur à Brooklyn... Frank Nitty a succédé à Capone à la tête du gang; il est mort en mars 1943; on l'a retrouvé assassiné dans un fossé.

— Beau milieu!

— En effet. Je n'ai rien sur Skinner.

— Et le coffre de Capone?...

— Ah oui! J'ai communiqué avec le New York Times ce matin et ils m'ont fait parvenir des photos prises lors de l'ouverture de la voûte. Comme tu le supposais, il y avait bien un petit morceau de bois dans le lot de «traîneries» qu'on a sorties de là. J'ai appelé mon contact au FBI, et il a retracé l'objet. Tu as ton crayon?

— Oui, répondis-je fébrilement.

— C'est une planchette d'environ un pouce d'épaisseur, enchaîna ma tante. Elle mesure deux pouces sur cinq. Tu feras les conversions en centimètres; moi, depuis le temps, j'ai perdu la façon de faire. Qu'est-ce que c'est, cette pièce de bois?

— Je ne peux pas t'en parler au téléphone; c'est un peu délicat... Mais si ça marche, nous arriverons bientôt à Newark en jet privé!

— Écoute bien, Catherine: ces gens-là, ce ne sont pas des animateurs en garderie. Ne vous lancez pas dans un pétrin d'où vous ne pourriez plus sortir.

— Sur Morazé, tu n'as rien?

— Si, soupira-t-elle, visiblement déçue du peu d'attention que je portais à ses mises en garde. Morazé n'est pas mort, lui, reprit-elle. Au contraire, il est bien vivant. Il paraîtrait même qu'il se livre encore à la contrebande de temps à autre. Il est interdit de séjour chez nous; au Canada aussi. S'il y met les pieds, il peut être arrêté à tout moment. Alors si, comme tu le dis, il s'est rendu à Venise-en-Québec, ce n'est pas pour y faire un gâteau, crois-moi: au FBI et à la GRC, on a trois boîtes de documents pour l'incriminer.

— Il cherchait une planchette, lui aussi.

— Ah!... Je vois. Je ne sais pas dans quelle galère vous vous embarquez, toi et Olivier, mais quelque chose me dit que vous ne devriez pas.

— Josée...

— Oui, je sais: tu as vingt ans et je suis «mère-poule». Mais soyez prudents quand même. Promis?

— Promis, Mom!

— Quand venez-vous au New Jersey si vous ne gagnez pas à votre loterie?

— Probablement au mois de mai, comme d'habitude; ou l'été prochain, on verra. Nous avons reporté notre inscription à l'université: nous avons besoin de temps pour faire nos recherches...

— Bon. Encore le mystère! Je te laisse. Je vous embrasse tous les deux. Si vous êtes mal pris, n'hésitez pas à m'appeler, bandits!

— Oui, oui. Sois sans crainte. Et à bientôt!

Je raccrochai. Olivier s'approcha avec un prisme en carton qu'il venait de fabriquer: une réplique du morceau de bois décrit par ma tante. La forme s'adaptait parfaitement au triangle laissé par Skinner.

— Regarde, dit-il, on a le bout de la flèche. Il ne manque plus que deux pièces!

— Et la carte, précisai-je.

Je transmis à Olivier toutes les autres informations que Josée venait de me communiquer. Vraisemblablement, Skinner avait eu vent de la condamnation de Capone et, par prudence, il avait décidé de quitter le pays sans toucher à la barrique d'or. Très sage décision!

Pour nous maintenant, la meilleure voie à suivre était d'écrire à Saint-Pierre, de faire une offre à Morazé, de lui proposer une rencontre en terrain neutre, dans un endroit où il y aurait beaucoup de monde, beaucoup de témoins éventuels... Une rencontre au Québec nous assurerait encore plus de sécurité: pour le cas où Morazé voudrait nous faire un mauvais parti, il s'exposerait davantage.

Plus je parlais, plus je me rendais compte que Josée avait réussi à me faire peur.

Pendant la soirée, Olivier rappela au New Jersey et demanda à Josée de nous trouver l'adresse de Morazé. Elle promit d'y voir dès le lendemain. Immédiatement, nous rédigeâmes le brouillon de notre lettre au pirate de Saint-Pierre.

Un peu avant minuit, nos devoirs étaient terminés. Épuisée, j'allai me coucher la première. Une heure plus tard, je m'éveillai en sursaut: dans le salon, une rafale de mitraillette avait déchiré le silence: Olivier s'était endormi devant le téléviseur en écoutant une reprise des Incorruptibles...

Au milieu de la nuit, je m'éveillai à nouveau. Dans le chalet, il n'y avait plus aucun bruit, plus aucune lumière. J'écoutai la respiration régulière d'Olivier espérant ainsi me rendormir. Des images violentes revinrent me hanter et l'inquiétude recommença à m'envahir: n'étions-nous pas en train de jouer avec le feu?

Je me levai et me dirigeai vers la fenêtre. Au loin, une lueur: une automobile roulait vers Magog.

Sur la table de chevet, dans l'ombre, j'aperçus le cahier de Skinner. J'allumai la petite lampe, m'assis dans le lit et, pour me calmer, je décidai de relire le dernier chapitre.

La première fois qu'on avait lu ce cahier, j'avais eu une drôle d'impression à la toute fin. Et là encore, en relisant les deux dernières phrases, je ressentis le même malaise. Je jonglai avec les mots qui me vinrent à l'esprit en caressant les cheveux d'Olivier: «imprécision», «confusion», «erreur», «cont...» Voilà, je l'avais: dans les deux dernières phrases, il y avait une contradiction.

Heureuse de ma découverte d'un nouvel indice, je pensai à éveiller Olivier mais je me ravisai. J'éteignis plutôt la lampe et me rendis à la cuisine sans faire de bruit. Affamé, je pris trois biscuits et me versai un grand verre de lait. Malgré l'obscurité, je réussis à me rendre à la porte sans difficulté. S'il n'avait pas fait si froid, je serais sortie prendre l'air.

J'allais retourner à la chambre lorsqu'un curieux reflet attira mon attention. Je m'approchai davantage de la porte et scrutai les alentours. Je vis alors la dernière chose qu'on souhaite voir lorsqu'on se retrouve dans un chalet isolé: une voiture qui approche lentement, tous phares éteints...

Chapitre 7
La nuit des longs couteaux

Je ne rêvais pas: l'auto avançait. J'entendais même le bruit du gravier qui crépitait sous le poids du véhicule. Je me sentis faiblir. Mes jambes ne me supportaient plus et quelques gouttes de sueur quittèrent mes aisselles pour descendre le long de mes côtes.

À dix mètres du chalet, l'auto s'immobilisa. Je perçus nettement deux silhouettes assises sur la banquette avant. Je me dis que si je les voyais, ne serait-ce qu'un peu, ils me voyaient sûrement, eux aussi.

Ils ne bougeaient pas. Moi non plus. Parlaient-ils? Étudiaient-ils les lieux avant de descendre? Figée sur place, je suppliais intérieurement Olivier de s'éveiller. Sans bouger, je commençai à frapper du pied, espérant ainsi le sortir de son sommeil sans attirer l'attention des deux occupants de la voiture. J'étais pieds nus et j'eus bien vite mal au talon; je dus cesser mon manège inutile.

Je commençai à murmurer son nom; puis, je durcis le ton jusqu'à ce que j'atteigne un niveau de conversation normale. «Olivier, réveille-toi», répétai-je sans cesse.

Les portières de l'auto s'ouvrirent et deux hommes en descendirent. Pour ne pas faire de bruit ou pour s'assurer une retraite rapide, ils laissèrent les portières ouvertes et s'avancèrent vers le chalet.

Paniquée, je décidai de faire demi-tour et je me lançai vers la chambre. Je n'avais pas fait un pas qu'un bras m'encercla à la taille, m'immobilisant complètement le haut du corps; en même temps, une main froide appliquée sur ma bouche m'empêcha d'appeler Olivier à l'aide.

Je me débattis avec vigueur et balançai les jambes en tous sens. Je me frappai le genou sur le coin de la table. Mon adversaire faillit perdre l'équilibre .

— Catherine, arrête! C'est moi, Olivier!

Il relâcha son emprise.

— Vite! cria-t-il en m'entraînant vers la chambre. J'ai tout vu. On va sortir par la fenêtre. Viens!

— Qui sont ces hommes? demandai-je en me frictionnant le genou.

Au même moment, j'entendis des pas sur le balcon.

— Dépêche-toi, hurla Olivier, on va se faire massacrer!

Il se précipita dans la chambre, ouvrit la fenêtre et sauta. Je le suivis. Nous n'avions pas aussitôt mis les pieds dans les aiguilles de pin qu'une lampe de poche de forte intensité nous avait complètement aveuglés.

— Suivez-moi, dit sévèrement l'homme que nous reconnûmes sur-le-champ. Vous croyiez vous en tirer aussi facilement? Par ici, et vite!

Armé d'une carabine tronçonnée, Georges Labelle nous ramena à l'intérieur où nous attendait son complice, un autre vieillard alerte.

— Qu'est-ce que vous voulez? demandai-je agressivement.

— C'est nous qui posons les questions, mademoiselle! dit rageusement le deuxième homme en plantant un couteau de chasse en plein centre de la table. Georges, attache-les.

Labelle s'exécuta, et trois minutes plus tard, nous étions ficelés aux chaises.

L'autre vérifia la solidité de nos liens et prit place à la table avec nous.

— Bon! Maintenant, nous allons pouvoir parler sérieusement, dit Labelle. Soyons clairs: cet homme s'appelle Henri Morazé.

La phrase tomba comme une roche dans le fond de notre estomac.

— Si nous sommes ici, et vous le savez très bien, c'est pour retrouver la barrique d'or caché par Skinner, enchaîna Morazé de sa voix rauque. Je ne sais pas comment vous êtes parvenus à connaître l'existence de cette barrique et la façon de la retrouver, mais pour vous c'est terminé. Finie, l'aventure! J'ai attendu pendant des années la mort de cet imbécile de Conrad Labelle. J'ai même essayé de le faire éliminer par Georges, mais il se méfiait de tout, ce rat de cale. Il avait bien caché sa partie de flèche, mais nous avons fini par la retrouver.

— Pourquoi refusait-il de partager avec vous? demanda Olivier. Vous étiez associés, non?

— Après la mort de Capone, il a commencé à avoir peur. Peur de tout; même de son ombre. Il craignait des représailles.

Morazé allongea le bras et reprit son couteau. Il le braqua sous le menton d'Olivier.

— Ce qui nous manque maintenant, reprit-il en agitant son poignard, c'est la pièce importante et c'est vous qui l'avez. Où est-elle?

— Dans la chambre, murmura mon compagnon d'infortune.

Georges Labelle s'y rendit et revint avec le triangle, le prisme en carton et le cahier de Skinner. Je frissonnai. S'ils avaient tout ce qu'ils voulaient, notre dernière heure venait de sonner.

— Ah! C'est donc ça, dit Morazé en feuilletant le cahier. Regarde, Georges: Skinner avait tout écrit.

Il mit le cahier de côté et sortit de sa veste une feuille jaunie pliée en quatre: la carte dont il était le gardien. Il la déploya sur la table. D'une de ses poches, il sortit trois pièces de bois.

— Comment se fait-il que vous ayez le morceau de Capone? demandai-je.

— Ce n'est pas le sien, répondit Morazé. J'en ai obtenu les dimensions et je l'ai reproduit. Je n'ai pas que des ennemis, vous savez...

La première planchette était assez longue; au moins vingt centimètres. Il la plaça en marge de la carte, là où Skinner avait inscrit une croix. Il accola les autres planchettes à la première et déposa le triangle avec une délicatesse étonnante.

— Donne-moi un crayon, Georges.

Olivier et moi n'étions plus que des yeux. Au bout de la flèche se trouvait l'emplacement du trésor qui allait nous échapper...

Olivier s'étira au maximum pour mieux voir. J'aperçus une égratignure luisante sur son cou, conséquence de notre altercation. Je sais que c'est bizarre, mais à ce moment-là, j'ai eu le goût de l'embrasser. Malheureusement, ficelés comme nous l'étions, il n'en était pas question; nous pouvions à peine respirer.

La flèche pointait un endroit précis au bord du lac, tout près de la frontière du Vermont. Morazé prit quelques notes, encercla l'endroit sur la carte et se leva brusquement.

— Ha! Ha!... Enfin! s'exclama-t-il en récupérant hâtivement tout le matériel qui recouvrait la table. Viens, Georges; la fortune est à nous!

— Qu'est-ce qu'on fait de ceux-là? demanda l'interpellé en pointant son arme dans notre direction.

— Commençons par la barrique, répondit Morazé. Nous serons de retour dans une heure ou deux. Si nos jeunes amis nous ont trompés, je trouverai bien le moyen de les faire parler...

— Et si tout se passe bien? poursuivit Labelle.

— Alors là, s'exclama le pirate, on préparera les funérailles!

Les deux grotesques personnages émirent un rire gras et menaçant. Ils s'assurèrent encore une fois de la solidité de nos liens et sortirent du chalet en verrouillant la porte à double tour. Ils clouèrent ensuite des planches aux fenêtres, nous retirant du même coup le peu de lumière que la levée du jour avait commencé à nous apporter.

Dès qu'ils furent partis, Olivier commença à se secouer sur sa chaise. Je l'imitai. Après quelques minutes, nous abandonnâmes.

— Nous devons absolument nous libérer, Catherine, grogna Olivier, les dents serrées. On va se faire découper en morceaux.

— S'ils trouvent la barrique, on en sera quitte pour une balle dans la tête. C'est moins pire...

— Justement, rectifia Olivier, ils ne la trouveront pas! Ils ne s'en vont pas au bon endroit. Moi, je sais où elle est, cette damnée barrique!

Chapitre 8
Au secours!

Comme la sueur sur notre front, les minutes s'écoulaient, plus vite que nous ne l'aurions voulu.

D'après Olivier, la torture nous attendait. Je ne comprenais pas son raisonnement, sa conviction que Mozaré et Labelle avaient mal placé les pièces de bois sur la carte.

— Qu'est-ce qui te fait dire qu'ils se sont trompés? lui demandai-je.

— Je pense que ce Skinner était un petit malin. Juste le ton de sa lettre à ce douanier...

— La Couvée?

— Oui, c'est ça; sa lettre à La Couvée était pleine d'ironie. C'était un «maniganceux», il me semble. Je me trompe peut-être.

— Où veux-tu en venir?

— À ceci: la première fois qu'on a lu le cahier, quand on a eu fini, tu as déposé le triangle dessus. Tu avais passé un fil dans le trou, au centre. J'ai eu une drôle d'impression à ce moment-là:

j'ai trouvé ça étrange, cette idée de percer un trou. Pas toi?

— Oui, un peu. Maintenant que tu le dis...

— Et tu sais ce qu'il y avait, sur la carte, vis-à-vis du trou?

— Non.

— Une île. Une des îles de Fitch Bay. Je suis sûr que c'est là qu'est cachée la barrique.

— L'île au trésor; comme dans les livres... raillai-je.

— Sauf que dans les livres, les héros ne meurent pas décapités. Il faut sortir d'ici, Catherine. Ils doivent être presque rendus à destination maintenant.

Je ressentis une douleur à l'estomac et j'eus comme une poussée de fièvre subite.

— Olivier, je vais vomir.

— Respire par le nez, me conseilla-t-il, moqueur.

Je n'avais pas le cœur à rire; il était bloqué dans ma gorge.

— Je vais essayer de me rendre au tiroir d'ustensiles, bougonna Olivier en tentant de sauter avec sa chaise.

— Tu as l'air d'un lutin emprisonné dans une boîte à surprise, dis-je en riant malgré mes haut-le-cœur.

— Aide-moi donc au lieu de faire de l'esprit! me lança-t-il, courroucé.

— Respire par le nez! lui envoyai-je.

Il arrêta de bouger et me regarda.

— Je t'ai choquée, tantôt? demanda-t-il doucement.

— Oui, répondis-je sur le même ton.

— C'était pour rire.

— Moi aussi, le lutin, c'était pour rire.

— Bon! On reprend à zéro? suggéra-t-il.

— Disons que dans notre position, on ne peut pas être plus près du zéro, acquiesçai-je souriant.

— Je t'aime, Catherine.

— Moi aussi. J'ajouterais même que je te suis très... attachée!

— Si on continue à se murmurer des douceurs comme ça, on ne surv...

— Écoute, interrompis-je: une auto!

Le véhicule s'approcha jusqu'aux marches. Le cœur nous débattait à tout rompre. Olivier et moi, on se regardait pour la dernière fois, l'œil aussi grand que triste...

Une portière s'ouvrit et se referma. Des pas hésitants dans l'escalier, puis sur le balcon. Et à nouveau dans l'escalier.

La peur nous avait rendus muets, comme si nous avions voulu retarder notre exécution par notre silence.

— Ils s'en vont, dit Olivier. Ce n'est pas eux...

— AU SECOURS! hurlai-je à trois reprises pendant qu'Olivier s'activait avec sa dernière énergie.

D'un coup de tête et d'épaule, il parvint à renverser un vaissellier, provoquant un tapage digne des plus gros tremblements de terre.

À l'extérieur, un corps surgit devant la porte. L'individu, faisant écran de ses mains pour éliminer les reflets, regarda à l'intérieur et nous vit nous trémousser sur nos chaises. Il tâta la poignée et se rendit compte qu'il n'en viendrait pas à bout. Il pointa l'index dans notre direction, nous signifiant qu'il reviendrait dans la minute.

Ce qu'il fit. De notre position, nous ne le vîmes pas ressurgir, et c'est avec stupeur et en poussant des cris d'effroi que nous accueillîmes le billot qu'il enfonça de toutes ses forces, faisant voler la vitre en éclats et brisant une partie du cadrage de la porte.

— Qu'est-ce qui s'est passé? demanda Jacques Boisvert en coupant les cordes qui nous étouffaient.

Tant bien que mal, nous remontâmes le cours des événements, ajoutant tour à tour des détails que le plongeur-assureur avait peine à rassembler.

— Je ne m'étais donc pas trompé, finit-il par dire. Votre petite visite de l'autre jour était reliée à ces recherches, n'est-ce pas?

— Évidemment, répondis-je.

— Et vous êtes allés voir Joseph Bouliane, aussi... ajouta Boisvert.

— Qui?

— Le greffier de la ville. C'est un ami qui a déjà fréquenté le «milieu»... Je ne suis pas ici par hasard; je me doutais bien que vous mijotiez quelque chose. Je venais vous offrir de m'accompagner à une plongée; mine de rien, je vous aurais posé quelques questions... J'ai été un peu déçu quand j'ai vu le chalet fermé pour l'hiver. Mais là, après la nuit que vous venez de passer, vous devez être épuisés. Je vais appeler la Sûreté du Québec.

Des yeux, Olivier lui montra le téléphone et le fil arraché qui gisait par terre, effiloché.

— Si on allait visiter l'île, proposai-je. Pour que la Sûreté intervienne, il faudrait aller faire une déposition, porter plainte et tout le tralala; on n'en sortira jamais...

Olivier consulta Boisvert du coin de l'œil. L'homme n'attendait que ça.

— Allez, en route! dit-il, enthousiaste.

Cinq minutes plus tard, nous arrivions au croisement de la route 141. Boisvert s'y engagea et prit la direction de Magog. Aussitôt, il enfonça l'accélérateur au plancher, nous collant du même coup aux dossiers confortables de sa puissante voiture.

Nous filions à vive allure, spéculant sur l'emplacement exact de l'île, lorsqu'à la sortie d'une courbe nous aperçûmes une voiture dont les occupants, de toute évidence, attendaient notre arrivée...

Chapitre 9
À vaincre sans péril...

— **B**onjour, la police! lança Boisvert au policier qui venait de nous faire signe d'arrêter.

— Vous vous pensez drôle, Boisvert? Vos papiers! Permis de conduire et enregistrement du véhicule!

— Écoutez, Couture, reprit plus sérieusement notre chauffeur, nous sommes pressés, très pressés.

— Eh bien! justement: si vous êtes pressés, ralentissez un peu et je ne vous embêterai plus.

Il prit les feuillets que lui tendait Boisvert et se réfugia dans sa voiture pour rédiger le billet de contravention.

Le temps passait et nous perdions de précieuses minutes.

— Il le fait exprès, dit Boisvert observant l'agent dans son rétroviseur. En plus, l'autre lit son journal; c'est bien payé...

Toujours en regardant vers l'auto-patrouille, il abaissa d'un coup sec le bras de transmission en position de marche avant; son pied droit semblait prêt à bondir sur l'accélérateur.

— Vous n'allez pas partir? demanda Olivier.

— Cramponnez-vous, ordonna l'homme têtu. On ne va pas attendre ici jusqu'au souper...

— PAS DE FOLIES, BOISVERT! hurla le policier dans le haut-parleur enchâssé entre les deux gyrophares.

Au même moment, l'agent sortit de son véhicule et nous apporta le billet. Boisvert grimaça et démarra lentement...

— Après le virage, on va mettre la gomme! promit-il, furieux.

Mais il n'y eut pas de gomme... Après le virage, nous avons dû nous garer sur l'accotement: crevaison du pneu arrière gauche!

— Maudit que ça va mal! grogna l'assureur en claquant sa portière. Bon, ajouta-t-il en voyant ressurgir l'auto-patrouille, qu'est-ce qu'ils veulent encore, ces deux-là?

Arrivés à notre hauteur, les policiers ralentirent et nous saluèrent de la main en arborant un large sourire fendu jusqu'aux oreilles.

— Je parierais ma chemise que c'est Couture qui a fait ça, dit Boisvert, rouge de colère.

— Ça nous aurait pris les pneus de Capone, murmura Olivier.

— Venez m'aider. À trois, on devrait régler ça en cinq minutes.

Olivier commença à déboulonner le pneu crevé pendant que Boisvert actionnait le cric. Moi, je m'affairai à sortir le pneu de rechange du bric-à-brac impressionnant qu'était le coffre de cette voiture.

L'opération ne prit que quelques minutes et nous fûmes bientôt prêts à reprendre notre route. Nous allions remonter dans l'auto lorsque j'aperçus une autre voiture venant en sens inverse. Je bondis sur Olivier et le projetai dans le fossé. Agrippés l'un à l'autre, nous roulâmes sur quelques mètres nous heurtant aux branches et nous frappant durement au sol à chaque tonneau.

— Qu'est-ce qui te prend? rugit Olivier en colère.

— L'auto... L'auto de Labelle vient de passer! Ils retournent au chalet... Filons d'ici, vite!

Au même instant, un long crissement de pneus nous apprit que de l'autre côté de la courbe nos deux agresseurs s'étaient ravisés.

— Hâtez-vous! cria Boisvert en faisant gronder son moteur.

Nous gravîmes le fossé à quatre pattes et nous nous précipitâmes dans l'auto qui roulait déjà.

— Attachez-vous solidement, ajouta-t-il, on va faire un peu de tourisme accéléré...

— Ils nous suivent, dit Olivier.

— Pas pour longtemps: il y a une petite route de contournement à cent mètres d'ici. Tenez-vous bien: la manœuvre va être périlleuse.

Nos poursuivants gagnaient du terrain. Je vis l'un d'eux appuyer sa carabine sur le rebord de sa portière.

— Planquez-vous, ils vont tirer! hurla Boisvert en commençant à zigzaguer.

En me couchant sur la banquette, j'aperçus la petite route. Nous passions tout droit.

Soudain, Boisvert appliqua brusquement les freins et braqua les roues. L'auto dérapa et tourna bout pour bout. Il repartit en sens inverse à pleine vitesse, croisa l'autre voiture, freina rapidement et fonça dans le petit chemin de terre.

— Yahou! Je les ai eus! cria-t-il.

Secoués, Olivier et moi relevâmes la tête. Nous roulions presque aussi vite que sur la 141, mais pas tout à fait dans le même confort... Les feuilles des arbres fouettaient les vitres latérales et les bosses et les trous nous faisaient rebondir jusqu'au plafond. Notre chauffeur intrépide, lui, regardait constamment dans son rétroviseur.

— Olivier, regarde dans le coffre à gants, dit-il. Prends la boîte de clous et lance-les tous sur la route. Ensuite, tenez-vous prêts tous les deux. Au prochain tournant, j'arrête, vous descendez en vitesse et on se retrouve près du pin là-bas. Celui qui est tout au bord du chemin.

Il freina tout juste après avoir dépassé l'arbre en question. L'auto glissa sur un mètre et s'immobilisa dans un nuage de poussière. Sans trop comprendre, nous courûmes vers le pin. Boisvert nous y rejoignit avec une scie mécanique qu'il avait sortie de son coffre.

Il mit en marche sa bruyante machine et entailla le tronc en biseau du côté de la route. Quand il eût terminé, il nous donna le signal de

pousser l'arbre. Celui-ci s'abattit formant un obstacle parfait: juste après le virage. Il était maintenant impossible d'éviter ce «poteau» de vingt centimètres de diamètre.

Jacques Boisvert lança la scie dans le coffre et nous repartîmes au moment même où parvint à nos oreilles le bruit du moteur de nos chasseurs. Nous démarrâmes en trombe pour nous arrêter cinquante mètres plus loin.

— Pourquoi s'arrête-t-on? demanda Olivier, inquiet.

— Pour voir ce qui va arriver, pardi! lança l'homme souriant. On n'a pas fait tout ça pour rien, quand même...

Nous eûmes tout juste le temps de nous tourner vers la lunette arrière pour voir arriver la voiture de Labelle et de Morazé. Ils foncèrent à plein régime dans le piège.

Dès l'impact, l'avant de l'auto apparut à travers les grappes d'aiguilles. Un court instant, nous avons pensé qu'ils traverseraient le barrage, mais il n'en fut rien. La voiture s'immobilisa brusquement, l'arbre bloquant solidement les roues arrières.

Les deux occupants furent projetés violemment vers l'avant. L'un d'eux, peut-être même les deux, s'était assommé: le klaxon rugissait sans arrêt...

— Allez, on repart! fit Boisvert, soulagé. Avec tout le boucan qu'ils font, la police aura tôt fait d'aller les secourir.

Dix minutes plus tard, nous arrivions à la marina de Magog. Celle-ci était déserte, les vacanciers et les plaisanciers dormant probablement encore. Ou ils avaient tout simplement quitté la région: nous étions seuls sur le quai à nous affairer autour de l'embarcation de Boisvert.

Après avoir revêtu nos vestes de sécurité, nous aidâmes le plongeur à charger palmes, bonbonnes, masque, avirons et réservoir d'essence. J'allais refermer le coffre de la voiture lorsqu'il m'interpella. Il s'approcha et prit un long étui qu'il déposa avec précaution dans le fond du bateau.

— Qu'est-ce que c'est? demandai-je.

— Quelques harpons et une carabine. On ne sait jamais: on pourrait rencontrer un dragon. Ou deux...

Nous partîmes aussitôt. À quelques mètres du bord, Boisvert enfonça une manette; le moteur gronda, l'avant de l'embarcation se souleva et nous filâmes à pleine vitesse en direction de Fitch Bay.

Tout au long du périple, Olivier et moi scrutions les rives sans voir aucune voiture ni aucune trace de nos deux lascars.

— C'est celle-là? cria soudain Boisvert.

Au loin se profilait une île.

— Non! hurla Olivier pour couvrir le bruit du moteur. C'est la suivante, la plus petite!

Boisvert décéléra, ce qui nous permit de converser presque normalement pendant que nous longions la grande île.

— C'est bien possible que votre trésor se trouve sur cette petite île, dit Boisvert. Je pense qu'il y a une caverne là-bas.

J'écarquillai les yeux: une caverne! C'était donc ça... Sans le savoir, le plongeur venait de me donner le chaînon manquant.

— Olivier, te souviens-tu des dernières phrases du cahier de Skinner?

— Non, pas précisément.

— J'ai relu la dernière partie de son histoire, cette nuit, juste avant l'arrivée de Morazé et de Labelle; à la fin, un éclair m'a traversé l'esprit: il y a une contradiction dans les deux dernières phrases. Tu as raison: ce Skinner était un petit malin qui aimait bien brouiller les pistes.

— Quelle contradiction? demanda Olivier.

— À l'avant-dernière phrase, il dit que «le lendemain matin» il est allé cacher la barrique. Dans la suivante, il ajoute: «quelques heures plus tard, la barrique dormait paisiblement dans la nuit...» Il faudrait savoir: ou c'était le matin, ou c'était la nuit; ça ne pouvait pas être les deux en même temps.

— À moins que...

— À moins que la barrique ne soit à l'obscurité! Comme dans une caverne.

— Il a pu l'enterrer, objecta Olivier.

— Il aurait écrit autre chose; n'oublie pas que nous avons affaire à un fin renard. Enterrer un tel trésor, c'était risqué. En peu de temps, tu le sais bien, la végétation peut changer l'aspect du paysage. En plus, c'est fatigant; comment aurait-il pu écrire son cahier tout juste après? Tandis que glisser la caisse dans une caverne...

— Regarde: on arrive!

Chapitre 10
L'île aux trésors

Ce n'était pas une île comme les autres. Il s'agissait plutôt d'un pic rocheux, très évasé à la base, qui émergeait à cinquante mètres de la rive. En faire le tour ne nous prit que quelques minutes. Nous repérâmes un plateau convenable pour l'accostage, et Jacques Boisvert y dirigea habilement son embarcation.

Nous n'étions pas les premiers à y débarquer: plusieurs roches étaient couvertes d'inscriptions peintes à la bombe aérosol: des messages d'amour, d'autres outrageants, mais dans les deux cas désolants pour l'environnement.

Olivier décela rapidement une crevasse dans la paroi. Impossible de s'y faufiler. Jacques Boisvert apporta un câble auquel il avait attaché un lourd crochet de métal. Il lança le tout dans la faille en retenant le bout du câble.

— Vous avez entendu? demanda-t-il en se tournant vers nous. Il y a de l'eau en bas.

Il remonta le crochet. Il était mouillé, tout comme le cordage sur une longueur d'environ trois mètres.

— J'y vais! dit-il.

Il retourna au bateau, revêtit son équipement de plongeur et sauta dans le lac. Cinq minutes plus tard, un son sourd nous parvint de la crevasse.

— Ohé! cria Olivier.

— J'ai trouvé l'entrée, nous répondit une voix étouffée. L'eau devait être beaucoup plus basse, il y a trente ou quarante ans... J'explore un peu et je reviens.

Jacques Boisvert exultait: un territoire tout neuf s'offrait à lui, une occasion rare de faire de nouvelles découvertes. Cependant, l'eau trouble et l'obscurité du lieu clos ralentirent passablement ses déplacements. Bien que muni d'une très forte lampe, il ne voyait qu'à deux mètres devant lui.

Il scruta lentement les murs de la caverne innondée et ne vit aucune trace de visite antérieure. Vite déçu, il se dirigea vers la sortie. À mi-chemin, une arête rocheuse le força à faire un détour. Curieux, il plongea plus profondément et aperçut, coincée entre deux grosses roches, une caisse de bois, celle contenant la barrique d'or.

Revenu à la surface en toute hâte, il parvint à peine à nous faire part de sa trouvaille. L'eau lui entrait dans la bouche en même temps qu'il criait sa joie.

— Je l'ai... je l'ai trouvée! Lancez-moi... le crochet. Quand je donnerai trois coups secs... démarrez lentement... le moteur au ralenti... et actionnez le treuil!

L'opération dura environ dix minutes. À son signal, nous exécutâmes ses consignes pendant que lui, sous l'eau, accompagnait la lourde caisse. Quand elle fut sortie de la caverne sous-marine, tous les trois, et à l'aide de l'appareil de levage, nous la hissâmes sur notre quai de fortune.

— Attendez-moi avant de l'ouvrir, jubila-t-il, je retourne chercher ma lampe. Je l'ai échappée en sortant de la caverne, et elle a suivi une drôle de trajectoire. Je reviens!

Et il plongea. Médusés par une telle pingrerie au moment où plusieurs millions de dollars gisaient à nos pieds, nous scrutâmes la caisse avec impatience en attendant son retour. Elle ressemblait beaucoup à celle que nous avions repêchée devant le chalet; aucun doute possible, elle datait de la même époque.

Rouillés au point de se décomposer, les deux cadenas de Capone pendaient aux extrémités du couvercle. Faisant fi de la requête de Boisvert, je ramassai une roche et les fis sauter en assénant un coup violent à chacun.

— On l'ouvre, Olivier?

Sans me répondre, il se joignit à moi et commença à soulever le couvercle.

Immédiatement, nous reconnûmes le capitonnage de velours rouge dont Skinner avait parlé. Une pièce de tissu détrempé recouvrait le centre de la caisse; sous cette couverture protectrice, on devinait la présence d'un gros objet.

Je regardai Olivier dans les yeux, retins ma respiration et commençai à tirer lentement sur le morceau d'étoffe. Tout de suite, sous l'effet des rayons du soleil levant, l'éclat de l'or jaillit dans nos yeux et illumina l'intérieur de la caisse. Tout souriant, Olivier retira complètement le tissu et nous la vîmes enfin, entièrement, cette barrique d'or unique, incomparable...

— Ouf! souffla Olivier, retenant à peine son admiration.

— Superbe! m'exclamai-je, retrouvant un à un les détails donnés par Skinner.

Chaque planche, parfaitement sculptée, brillait intensément, comme pour bien se distinguer des autres. Même les cerceaux métalliques maintenant ensemble ces planches avaient été reproduits et transformés en or pur. Le petit robinet et sa goutte d'or étaient encore intacts, étincelants.

L'objet était massif, mais la finesse du travail, le découpage précis des formes et le souci d'exactitude en faisaient une pièce légère et délicate. Tellement que j'eus presque le goût de la prendre dans mes bras. Olivier eut la même impression et se pencha au-dessus de la caisse.

Au même moment, un bruit de moteur parvint à nos oreilles. Je levai les yeux vers Olivier et je vis dans son regard qu'il pensait comme moi: un autre bateau approchait à grande vitesse.

Olivier ferma la caisse. Avant même que nous ayons eu le temps de réagir davantage, le puissant bolide nous avait rejoints. Henri Morazé était aux commandes et Georges Labelle pointait son arme dans notre direction.

— Bonjour, moussaillons! cria Morazé en accostant tout près de nous. Très aimable à vous d'avoir effectué le travail. J'aimerais bien savoir comment vous vous êtes libérés, mais nous en reparlerons au paradis... Georges, donne-moi ton arme et aide-les à transporter la caisse dans leur bateau; nous allons le prendre, il est plus gros.

Sous la menace du fusil, nous transportâmes péniblement la caisse dans l'embarcation de Boisvert qui ne remontait toujours pas. Sur le front de Labelle, j'aperçus une «prune» mauve, une enflure témoignant de l'issue de notre poursuite récente...

— Han! gémit tout à coup Morazé.

Le crochet d'acier lancé par Boisvert venait de l'atteindre en plein sur la nuque. Assommé, l'homme s'affaissa de tout son long sur la roche dure, échappant du même coup la carabine qui glissa dans le lac.

Inspirés, nous bousculâmes Labelle qui, sans le vouloir, sauta sur la caisse dans le fond du bateau. Il perdit équilibre et, tel un clown, il se précipita bien malgré lui dans l'eau glacée. Il nagea vers nous en grelottant.

Vif comme un lièvre, Jacques Boisvert se précipita dans l'embarcation, fit démarrer le moteur et nous invita à le rejoindre. Je courus vers Morazé et lui confisquai le cahier de Skinner qui dépassait d'une poche de sa veste. L'homme remua et faillit bien m'attraper aux chevilles. Je courus et sautai dans le bateau qui avançait déjà lentement. Nous quittâmes l'île aussitôt, abandonnant à leur sort nos deux adversaires.

— Ils vont encore disparaître dans la nature... dis-je, essouflée.

— Pas cette fois, dit Boisvert.

Il se pencha et ramassa un objet par terre. Arborant un large sourire, il dit:

— Très difficile d'aller loin sans ça!

Dans sa main gauche, il brandissait victorieusement l'hélice de leur moteur.

— En plus, il n'y a aucun aviron dans leur bateau, ajouta-t-il en ouvrant un coffret.

Il sortit un appareil téléphonique, composa un numéro et signala la présence des deux hommes sur l'île. Il salua son interlocuteur et replaça le téléphone dans la petite boîte.

— La Sûreté du Québec? s'enquit Olivier.

— Non. Les douaniers. Ils vont se faire un plaisir d'aller les cueillir.

Assise sur la caisse au milieu du bateau, je respirais enfin. Je regardais autour de moi sans vraiment voir ce paysage familier. J'entendais

Olivier et Jacques Boisvert parler, mais je ne comprenais rien de ce qu'ils disaient; je ne voyais que leurs lèvres bouger. Je me retrouvais comme dans un état second, comme hors du temps qui passait, hors de l'espace où j'évoluais. Je me sentais bien. Fatiguée, mais bien. Un curieux sentiment de vide et de plénitude à la fois.

Olivier vint s'asseoir près de moi, passa son bras sur mes épaules et laissa le vent lui caresser le visage.

— Sais-tu ce que m'a dit Boisvert? me demanda-t-il en se redressant lentement.

— Non, mais il a l'air de bonne humeur. C'est l'idée d'être riche qui le rend comme ça?

— Pas vraiment. Il pense avoir trouvé son trésor, lui aussi. Quand il a retrouvé sa lampe, sous l'eau, elle éclairait une forme humaine, couverte d'algues. Il s'est approché et il a commencé à retirer les herbes une à une. C'était un squelette entier, assis au fond du lac, en appui sur une roche. Il est convaincu que c'est son père...

— Qu'est-ce qu'il va faire?

— Il y retourne cet après-midi pour le placer dans la caverne, à l'abri des courants et des poissons. Il aimerait qu'on lui donne la caisse.

— Comment peut-il être sûr que c'est lui?

— Pour lui, c'est son père. Il veut mettre fin à son drame. Enterrer tout ça, si on peut dire... Il dit que maintenant il a fini de chercher. Ses plongées vont devenir un plaisir.

— Et toi, comment ça va?

— Encore énervé. Je dormirais pendant des jours...

— Que va-t-on faire de cette barrique?

Olivier regarda au ciel. Au-dessus de nous, il y avait un gros nuage blanc dans lequel il semblait chercher une réponse. Soudain, je revis la petite cicatrice et l'embrassai doucement. Nous aurions bien le temps de la trouver, cette réponse...

Achevé d'imprimer
en août 1990 sur les presses
de Imprico, division de Imprimeries Québécor Inc.
Ville Mont-Royal, Qué.

J-COTE-DES-NEIGES